Désirée L. Staude

Jahrestag

Impressum

Bibliografische Information der Deutschen Nationalbibliothek:
Die Deutsche Nationalbibliothek verzeichnet diese Publikation in der Deutschen Nationalbibliografie; detaillierte bibliografische Daten sind im Internet über http://dnb.dnb.de abrufbar.

Herstellung und Verlag: BoD – Books on Demand, Norderstedt

ISBN: 978-3-7562-2520-0

Personenliste

HAUPTPERSONEN

Tung Ming Wah – Detective beim Narcotics Bureau HKPF, später Inspector bei der Metropolitan Police, London

Chow Nie Wen – bester Freund und ehem. Partner von Tung Ming Wah beim Narcotics Bureau HKPF; Privatdetektiv

Wong Wei Yan – Sohn von Wong Zhao Wen, Chairman der Yi Wong

Robert Duncan – Engländer, bester Freund von Wong Wei Yan

Weitere beteiligte Personen

LONDON

Superintendent Alcott – Vorgesetzter von Tung Ming Wah bei der Metropolitan Police, London

Peter Johnson – Metropolitan Police, Phantombild-Spezialist

Dicke Liu – Informant in London

Charles Buchanan – Inspector, leitet die Untersuchung des Entführungsfalls Tung Ai Mui in London

Alison Blair – Halbschwester von Robert Duncan, Freundin von Wong Wei Yan

HONGKONG

Tung Ai Ling – Ehefrau von Tung Ming Wah

Tung Ai Mui – Tochter von Tung Ming Wah, Rufname: Mui

Superintendent Lau – Vorgesetzter Narcotics Bureau HKPF

Wong Zhao Wen – Chairman der Yi Wong, Vater von Wong Wei Yan und Chow Nie Wen

Inspector Cheung – leitet das HK Ermittlungsteam im Entführungsfall Tung Ai Mui

Officer Cheng – HK Ermittlungsteam im Entführungsfall

Officer Mary Lee – HK Ermittlungsteam im Entführungsfall

"Keung" – HK Ermittlungsteam im Entführungsfall

"Sam" – HK Ermittlungsteam im Entführungsfall

"Ming" – HK Ermittlungsteam im Entführungsfall

Johnny Lee – Polizei-Informant in HK

Inspector Choi – HK Mordkommission

Chan Mei Ling – HK Mordkommission, Assistentin von Inspector Cheung

Kwong Wai Ming – Vertrauter von Wong Zhao Wen

2. Juli 1998, 22:37 Uhr, Hongkong Island

Superintendent Lau hatte das Team in den Besprechungsraum beordert. Als er raschen Schrittes den Raum betrat, saßen sie bereits um den großen Besprechungstisch.

„Kann mir einer der Herrschaften vielleicht erklären, was da vorhin schiefgelaufen ist?" brüllte er in die Runde, während er eine dicke Akte mit einem lauten Knall auf den Tisch warf.

Er stemmte beide Fäuste in die Seite. Seine Augen trafen auf betroffene Gesichter. Er sah sie der Reihe nach an, wie sie müde und enttäuscht am Tisch saßen.

„Soweit ich mich erinnere, war die Übergabe und somit die Festnahme für Freitag angesetzt."

Pause.

„Haben wir heute Freitag?"

Einige schüttelten den Kopf, jeglichen Blickkontakt mit dem Superintendenten vermeidend.

„Warum, bitte schön, wurde die Festnahme dann vorgezogen? – Und sehen Sie mich gefälligst an!"

Tung Ming Wah stand auf.

„Weil ich es angeordnet hatte."

Superintendent Lau blickte ihn zornig an. Heute war nicht der beste Tag gewesen. Und seine Laune war besonders übel.

„Ich bekam kurzfristig die Information, dass die Transaktion vorverlegt wurde." verteidigte Wah seine Entscheidung.

„Warum bin ich nicht informiert worden?" schnauzte der Superintendent ihn an.

Mei hob zaghaft die Hand.

„Sie waren zu Tisch, Sir." sagte sie leise.

Sein Kopf schnellte zu ihr hinüber, sie nahm die Hand rasch wieder runter.

„Das hält euch doch sonst auch nicht davon ab, mich wegen jeder Kleinigkeit anzurufen."

„Aber dieses Mal hatten Sie gesagt, dass Sie nicht gestört werden wollen." antwortete Mei kleinlaut.

„Sir, ich allein trage die volle Verantwortung." bemerkte Wah und lenkte somit die Aufmerksamkeit des Superintendenten wieder auf sich.

Er hatte seit Monaten gegen das Syndikat der Yi Wong ermittelt.

„Ja, verdammt! Das tun Sie!" schrie der Superintendent und schlug mit der flachen Hand auf den Tisch.

„Und nun wüsste ich gerne, was da draußen vorgefallen ist! Wie kann es sein, dass Wong Zhao Wen, der Chairman der Yi Wong höchst persönlich, als einziger erschossen wird?! Damit sind neunzehn Monate Arbeit für nichts und wieder nichts im Eimer."

Wah blickte zu Boden. Die Aussage des letzten Satzes war seiner Meinung nach nun doch etwas übertrieben. Immerhin hatten sie achtundfünfzig Kilogramm Heroin Nr. 4 beschlagnahmt, sieben Bandenmitglieder des thailändischen Drogenhändlers und zehn Mitglieder des Yi Wong Syndikats festgenommen.

Es klopfte an der Tür.

„Was ist los, Keung?" herrschte Superintendent Lau seinen gerade eintretenden Assistenten an.

„Boss, kommen Sie bitte mal." entgegnete dieser ruhig.

Der Superintendent blickte noch einmal in die Runde und verließ den Raum. Als er die Tür hinter sich schloss, atmeten alle erleichtert auf und entspannten sich ein wenig.

„Was gibt es?" fragte der Superintendent gereizt.

„Inspector Choi von der Mordkommission möchte Sie sprechen."

„Was will er?"

Keung zuckte mit den Schultern.

„Ich weiß nicht, worum es geht. Aber es scheint was Ernstes zu sein."

„Ich komme gleich."

Er presste die Lippen zusammen und ging zurück in den Besprechungsraum.

„Das Meeting ist für heute beendet. Wah, Sie warten in ihrem Büro. Der Rest kann gehen."

Mit diesen Worten nahm er die Akte auf, die er zuvor auf den Tisch geschmissen hatte, und verließ den Raum.

Die meisten waren froh, nicht in Wahs Haut zu stecken. Er hatte die Einsatzleitung und musste nun Rede und Antwort stehen.

„Gute Nacht." meinte Wah, „Danke für eure Unterstützung."

Er versuchte, seine Kollegen etwas aufzumuntern. Sie hatten schließlich ihr Bestes gegeben und obwohl die Festnahme schiefgelaufen war, hatten sie dem

Syndikat einen bitteren Schlag versetzt. Chow Nie Wen ging auf Wah zu.

„Was hat er bloß?"

„Keine Ahnung. Aber ich bin sicher, ich werde es eher erfahren als mir lieb ist." antwortete Wah und zog seinen Mund schief.

Nie Wen klopfte Wah kurz auf die Schulter und grinste.

„Ich bleib' noch da. Vielleicht können wir noch einen trinken gehen, nachdem dir der Superintendent den Kopf abgerissen hat."

„Wenn ich das mache, dann reißt mir Ai Ling ganz sicher den Kopf ab. – Aber das macht sie vermutlich ohnehin: Wir haben heute Hochzeitstag und ich habe sie im Restaurant versetzt. Glaub' mir, im Moment ist sie eindeutig die größere Gefahr als der Superintendent." antwortete Wah gespielt zerknirscht.

„Dann vergiss' nicht, dir auf dem Heimweg noch eine taoistische Beschwörung zu besorgen, damit du ihr den Zettel an die Stirn kleben kannst, bevor ihr böser Geist dir was anhaben kann." konterte Nie Wen trocken.

Wah fing laut an zu lachen.

„Hab' ich schon in der Schublade liegen. Rote Tinte auf gelbem Papier, wie es sich gehört." prustete Wah.

Nie Wen grinste schelmisch vor sich hin, als er zu seinem Schreibtisch ging.

Wah schloss seine Bürotür und sah seufzend auf den Schreibtisch. Die Unterlagen häuften sich. Er hatte noch einige Berichte zu schreiben und die internen Untersuchungen würden nicht lange auf sich warten *lassen. Er setzte sich auf seinen Stuhl und sah aus dem Fenster. Wie schön Hongkong war. Besonders bei Nacht. Teilweise konnte er auf Victoria Harbour blicken und sah die Touristenschiffe mit ihrer Festtagsbeleuchtung. Seufzend wandte er sich wieder dem Schreibtisch zu und sein Blick fiel auf das eingerahmte Bild, das neben dem Bildschirm stand. Eine schöne Chinesin und ein kleines Mädchen mit zwei hochstehenden Zöpfen lachten ihn an. Eigentlich hätte er um diese Zeit daheim sein sollen.*

Wäre nicht die vorgezogene Festnahme dazwischengekommen, hätte er sich mit Ai Ling im Restaurant getroffen. Es war ihr siebter Hochzeitstag. Ihre kleine Tochter Ai Mui verbrachte die Nacht bei den Großeltern. Es wäre ein schöner Abend geworden. Wah holte das kleine Päckchen aus seiner Schreibtischschublade und öffnete es. Die Kette mit dem Diamantanhänger würde Ai Ling sicher gefallen. ‚Hoffentlich wird sie mir den verpatzten Hochzeitstag damit etwas leichter verzeihen.' dachte er lächelnd. Er konnte sich vorstellen, wie schön diese Kette an Ai Lings Hals aussehen würde. Morgen früh würde er ihr ein besonderes Frühstück zubereiten und ihr dann das Geschenk überreichen.

In der Abteilung war es still geworden. Die meisten Kollegen waren nach Hause gegangen. Nie Wen und drei andere Kollegen saßen an ihren Schreibtischen und arbeitet vor sich hin. Immer wieder blickten sie auf das Büro des Superintendents. Ein Besucher saß mit dem Rücken zur Glastür. Der Superintendent redete kaum. Doch er schüttelte unablässig den Kopf und hatte seine Hand vor den Mund gelegt. Worum ging es? Was teilte ihm der Besucher mit?

Zwanzig Minuten später schüttelten sie wortlos die Hände und der Besucher verließ das Büro des Superintendenten. Der Superintendent ging sofort auf das Büro von Wah zu. Er sah müde aus.

Wah sah von den Akten auf, als der Superintendent leise die Tür hinter sich schloss. Sein Gesichtsausdruck verhieß nichts Gutes. Der Superintendent sagte keinen Ton. Er ging zu den Jalousien an den Bürofenstern und drehte sie zu. Wah saß ruhig da und beobachtete ihn. Als alle Jalousien zu waren, setzte sich der Superintendent auf den Besucherstuhl vor Wahs Schreibtisch.

„Ich hatte Besuch von Inspector Choi von der Mordkommission."

Wah blickte ihn erstaunt an.

„Was hat die Mordkommission damit zu tun?" fragte Wah verwundert.

„Es ging nicht um unseren Fall." antwortete Superintendent Lau. „Es gab einen Anschlag mit einer Autobombe in Wan Chai. Er war hier, weil er ein paar Informationen für uns hatte."

Wah zog die Augenbrauen zusammen.

„Was haben wir mit Anschlägen zu tun? Wir sind das Narcotics Bureau."

Superintendent Lau schüttelte den Kopf und blickte nach unten. Wah spürte, dass etwas Schlimmes passiert sein musste. Er hatte den Superintendenten noch nie so erlebt. Wah beugte sich vor.

„Was ist los?" fragte er eindringlich.

„Es war Ihr Auto." antwortete der Superintendent langsam.

„Bitte?!"

Wah zog die Stirn in Falten und legte seinen Kopf ein wenig schief.

„Es war Ihr Auto." wiederholte der Superintendent langsam.

Wah schüttelte den Kopf und sah den Superintendenten weiterhin fragend an. Sein Auto?

„Ich versteh' nicht." sagte Wah. *„Und was wollte Inspector Choi wissen? Warum geht er zu Ihnen und nicht zu mir, wenn es mein Wagen war?"*

Doch kaum hatte er den Satz ausgesprochen, da riss er seine Augen auf.

„Ai Ling!" rief er entsetzt aus.

Er schlug sich die Hand vor dem Mund. Der Superintendent blickte kurz zu Boden, aber dann sah er Wah in die Augen.

„Sie ist tot, Wah."

Wah sah ihn mit großen, ausdruckslosen Augen an. Das konnte nicht sein. Das musste ein Irrtum sein. Ai Ling konnte nicht tot sein. Sie würde vermutlich schon im Bett liegen und schlafen. Vermutlich hatte sie sich vor Wut in den Schlaf geweint, weil er nicht wie verabredet zum Abendessen ins Restaurant gekommen war. Zu allem Übel hatte er auch noch das Treffen erst abgesagt, als Ai Ling bereits in dem Restaurant gesessen und auf ihn gewartet hatte.

„Choi konnte mir aufgrund von einigen Zeugenaussagen mitteilen, dass Ai Ling das Restaurant gegen 20 Uhr betrat. Dort erhielt sie einen

Anruf, woraufhin sie ihr Getränk bezahlte und ging. Sie hatte den Wagen in der Nähe des Restaurants geparkt. Sie stieg ein, und wenige Sekunden später explodierte die Bombe. – Sie war sofort tot."

Der Superintendent verstummte.

Wahs Kehle war wie zugeschnürt. Er stand auf und versuchte, sich von der Krawatte zu befreien. Er hatte das Gefühl, als würde sich der Knoten immer enger zusammenziehen. Wah bekam kaum noch Luft. Schließlich konnte er die Krawatte herunterreißen. Hastig öffnete er die obersten Knöpfe seines Hemdes. Seine Augen irrten wild und leer durch das Büro. Nur mit Mühe konnte er die Information, die er gerade erhalten hatte, verarbeiten.

„Nein!" schrie Wah auf einmal und feuerte mit seinen Händen die Unterlagen, die auf seinem Schreibtisch lagen, wütend vom Schreibtisch. Dann stützte er sich mit beiden Händen auf der Schreibtischkante ab. Sein Kopf hing hinunter.

Es herrschte Stille im Büro. Wahs Schultern zuckten. Der Superintendent blieb ruhig sitzen und schaute sorgenvoll auf Wah.

Wah hatte die Liebe seines Lebens verloren. Er hatte keine Chance mehr, sich bei Ai Ling zu entschuldigen. Er hatte keine Chance mehr, ihr ein besonderes Frühstück zuzubereiten und ihr die Kette zu schenken. Er hatte keine Chance mehr, sie in die Arme zu nehmen, sie zu küssen und ihr zu sagen, dass er sie liebte. Stattdessen musste er morgen früh seiner vierjährigen Tochter sagen, dass ihre Mama nicht mehr lebte.

„Hat... weiß man... gibt es schon irgendeine Spur?"
fragte Wah.

„Nein." antwortetet Superintendent Lau. „Inspector
Choi wüsste gerne, ob Sie eventuell einen Verdacht
hätten."

Wah schüttelte den Kopf.

„Nein. Ich... Nicht das ich wüsste."

„Könnte die Yi Wong dahinterstecken? Vielleicht als
Warnung, die Ermittlungen einzustellen?" fragte der
Superintendent nach.

Wah fuhr sich mit der Hand über das Gesicht und
dann durch die Haare. Er konnte nicht mehr klar
denken.

„Ich weiß es nicht."

16. Juni 2005, 6:30 Uhr, London

Schweißgebadet wachte Tung Ming Wah auf. Schon wieder dieser Traum. Er holte ein paar Mal tief Luft und sah sich um. Ja, er war daheim. Daheim. Ein Blick auf den Wecker verriet ihm, dass es sechs Uhr dreißig war. Wah atmete laut aus und schwang sich aus dem Bett. In einer halben Stunde hätte er ohnehin aufstehen müssen. Er ging ins Bad und nahm eine heiße Dusche. Das Wasser rann über seinen schlanken und durchtrainierten Körper. Über die feine und leicht gebräunte Haut eines Asiaten. Anschließend zog er sich an, ging in die Küche und brühte Tee auf.

„Mui."

Er hatte an ihre Zimmertür geklopft und trat ein. Sie schlief noch. Er ging zum Fenster und zog die Vorhänge zurück. Dann setzte er sich auf die Bettkante.

„Mui, aufstehen."

Mit einem leisen Murren drehte sich Mui um. Sie hatte Mühe ihre Augen zu öffnen. Ihre langen schwarzen Haare hingen ihr wirr ins Gesicht. Er strich eine Strähne hinter ihr Ohr. Nun konnte er ihr Gesicht sehen.

‚Sie wird ihrer Mutter immer ähnlicher', dachte er bei sich.

„Guten Morgen!" sagte er mit einem Lächeln.

„Morgen." kam es verschlafen zurück.

„Hopp, raus aus den Federn. Du musst zur Schule."

Mui rollte sich zusammen.

„Ich will nicht" murrte sie.

„Oh doch, du willst."

„Ich fühle mich aber gar nicht gut."

Mui gab sich alle Mühe so kränklich wie möglich zu klingen. Wah lachte, stand auf und zog die Bettdecke weg.

„Raus mit dir," rief er ihr lachend zu.

„Ich fühle mich wirklich nicht gut." knurrte Mui und versuchte die Decke zu erhaschen.

„Ich wette, nach der Mathe-Arbeit wird es dir wieder besser gehen." neckte er sie.

Mui legte den Kopf schief. Woher wusste er das nur schon wieder?

„Ab ins Bad." sagte er in einem leichten Befehlston.

Alles Betteln und Stöhnen half nichts. Sie musste zur Schule. Mui stand auf. Sie reckte und streckte sich. Dann schlurfte sie lustlos ins Bad.

Wah legte die Bettdecke wieder auf das Bett zurück und öffnete das Fenster. Frische würzige Luft drang in das Zimmer. Seit dem Tod ihrer Mutter stand ein Bild von Ai Ling auf Muis Nachtisch. Ein Kloß bildete sich in seinem Hals. Wie sehr er Ai Ling vermisste.

Er ging hinaus und schloss die Tür hinter sich.

Wah fuhr Mui wie jeden Morgen zur Schule. Er öffnete ihre Tür und sie stieg aus.

„Tschüss." rief sie ihm zu und ging auf die Schule zu.

Er musste wieder an den Traum denken.

„Mui."

Sie drehte sich zu ihm um und sah ihn fragend an. Wah ging auf sie zu.

„Ich liebe dich." sagte er leise mit einem Lächeln.

„Ja, ja, schon gut. Ich dich auch." erwiderte sie schnell.

Sie blickte sich um. Hoffentlich hatten die anderen das nicht mitbekommen. Es war ihr peinlich. Wahs Lächeln wurde zu einem breiten Grinsen. ‚Mädchen', dachte er amüsiert. Er stieg wieder ins Auto, winkte ihr nochmals zu und fuhr los.

In diesem Moment kam Maryanne auf Mui zu.

„Hi."

„Hi." antwortete Mui.

Maryanne sah dem Wagen nach.

„Dein Dad ist ja *so* cool!" schwärmte sie und seufzte leise – so wie sie es immer in den Liebesfilmen taten, die sich Maryanne jeden Abend ansah.

Mui rollte die Augen. Viele ihrer Klassenkameradinnen – und einige ihrer alleinstehenden Mütter – schwärmten für Muis Vater. Mehr oder minder offensichtlich. Okay, er sah gut aus. Trotz seines Alters und den grauen Strähnen wirkte er immer noch recht jung. durch seinen Bart hatte er sogar etwas Verwegenes an sich. Er war schlank und machte in jeder Kleidung eine hervorragende Figur, ob im Anzug oder in Jeans und Sweater. Und man konnte viel mit ihm unternehmen. Dennoch fand Mui, dass die anderen maßlos mit ihrer Schwärmerei für ihn übertrieben.

„Hast du gelernt?" fragte Mui, um das Thema zu

wechseln.

Maryanne seufzte wieder, dieses Mal war es aber ein ganz anderes Seufzen.

„Hab's versucht. Aber ich versteh' es einfach nicht. Die Arbeit werde ich wohl in den Sand setzen. Und du?"

„Wie immer." sagte Mui gleichgültig.

Maryanne schüttelte den Kopf.

„Ich wünschte, mir würde das Lernen auch mal so leichtfallen wie dir!"

Beide gingen in das Schulgebäude.

Wah fuhr durch die verstopften Straßen Londons. Schnell kam er nicht voran. Um neun Uhr musste er bei dem Meeting der Entwicklungs- und Analyse Einheit sein, einer Abteilung innerhalb des Nachrichtendienstes der Metropolitan Police in London, der er seit ein paar Jahren angehörte. Über Verbindungen war er an diesen Posten gekommen... Wieder dachte er an den Traum, und an früher...

Wah war fassungslos. Es war, als hätte man ihm den Boden unter den Füßen weggezogen. Als hätte man ihm seine Lebensgrundlage entrissen. Erst nach mehreren Minuten konnte er sich wieder fassen. Der Superintendent war die ganze Zeit über ruhig sitzen geblieben. Normalerweise musste er der Ehefrau sagen, dass ihr Mann bei einem Einsatz ums Leben gekommen war. Diese Situation war neu für ihn.

„Geht es?" fragte er.

Wah nickte kurz. Er versuchte zu lächeln, doch mit den zusammengepressten Lippen wurde es zu einer Grimasse. Der Superintendent stand auf. Hier konnte er nichts mehr tun. Wah musste nun mit der Trauer fertig werden. Superintendent Lau dachte an die kleine Mui. Es würde hart werden, ohne eine Mutter aufzuwachsen.

„Sie sind für zwei Wochen beurlaubt. Um den Rest hier kümmere ich mich mit Nie Wen. - Es tut mir aufrichtig leid, Wah." hängte er in einem leisen Ton an.

Wah nickte wortlos. Dann verließ Superintendent Lau das Büro.

Wah fuhr sich energisch mit den Händen durch die Haare. Wie sollte er es nur Mui sagen? Und er musste auch noch Ai Lings Eltern informieren, bei denen Mui heute übernachtete. Wieder sah Wah auf das Bild neben dem Bildschirm. Er konnte sich nicht vorstellen, wie ein Leben ohne Ai Ling aussehen würde. Er schloss die Augen, atmete tief durch und stand auf. Es hatte keinen Sinn, es weiter hinauszuzögern. Er verließ sein Büro.

Nie Wen saß inzwischen allein in dem Großraumbüro. Er war zwölf Jahre jünger als Wah und diesem direkt nach der Polizei-Ausbildung als Partner zugewiesen worden. In den letzten fünf Jahren waren sie beste Freunde geworden. Als Wah kurz nach dem Superintendenten aus dem Büro trat, sah Nie Wen ihn forschend an.

Wah sah ihn, hob jedoch nur kurz die Hand, um zu zeigen, dass er seine Ruhe haben wollte. Er wollte nichts sagen. Er hatte genug Mühe, sich zusammen zu reißen. Seine Brust schmerzte und er konnte kaum *atmen. Nie Wen nickte und wandte sich wieder dem Papier in seiner Hand zu.*

Endlich fuhr Wah in die Tiefgarage der Metropolitan Police („Met"), besser bekannt als Scotland Yard. 08:49 Uhr. Er würde pünktlich sein.

16. Juni 2005, 12:45 Uhr, China Town, London

In dem Restaurant war es laut und die Luft war schwer von dem würzigen Duft der verschiedenen chinesischen Gerichte, die auf den Tischen standen. Es war Mittagszeit. Einige nutzten das günstige Mittagsmenü, andere führten ihre Geschäftspartner à la carte aus. Eine verschnörkelte Trennwand aus dunklem Holz trennte eine Nische von dem großen Raum. Sie schützte vor den Blicken der Gäste, aber man konnte ohne weiteres in den geschäftigen Saal blicken. In der Nische befand sich ein rechteckiger Tisch, an dem vier Personen bequem Platz hatten.

Wah sah sich kurz im Restaurant um. An einem großen runden Tisch in der hinteren Ecke des Restaurants entdeckte er schließlich Tang Kwong Liu, der allgemein als der Dicke Liu bekannt war, wie dieser gerade die Speisekarte studierte. Eine große Kanne Tee stand bereits auf dem Tisch. Der Dicke Liu war fett, gierig und nur sich selbst gegenüber loyal. Er war seit über sechs Jahren Wahs Informant und für Essen würde er vermutlich sogar seine Mutter verkaufen, mutmaßte Wah. Allerdings gab er immer zuverlässige Informationen und kannte sich in Londons China Town aus. Er kannte die alten Familien, die neu Hinzugezogenen und wusste auch viel über die Beziehungen und Streitigkeiten der Triaden untereinander. Wah wunderte sich immer wieder, warum die Triaden den Dicken Liu in Ruhe ließen. Er musste eine sehr gute Lebensversicherung haben, dass ihm bisher noch nichts geschehen war. Denn er war für seine Redseligkeit durchaus bekannt. Während Wah auf den Tisch zusteuerte, betrachtete er genau die Menschen, die heute in dem Lokal saßen. Als er an dem Tisch ankam, sah der Dicke Liu kaum von der Speisekarte auf.

„Setzen Sie sich, Tung. Ich hoffe, Sie haben heute die Firmenkreditkarte dabei, ich habe einen mächtigen Appetit."

Wah verzog die Mundwinkel zu einem kurzen Lächeln und setzte sich. In dem Moment kam auch gleich die Kellnerin in einem dunkelblauen Qipao.

„Was möchten Sie trinken?" wandte sie sich an Wah.

„Ein Tsingtao, bitte."

Da der Dicke Liu immer noch in der Speisekarte umher blätterte, verließ die Kellnerin den Tisch wieder.

Wong Wei Yan saß allein an dem Tisch hinter der Trennwand und wartete auf seinen besten Freund, Robert Duncan. Um sich die Zeit zu vertreiben, beobachtete Yan das rege Treiben in dem Restaurant. Gerade war ein schlanker Chinese mit leicht ergrautem Haar und Bart durch den Raum des Restaurants gegangen. Er trug einen dunkelblauen Anzug, ein weißes Hemd, eine blau-gestreifte Krawatte und schwarze Lederschuhe. Der Ankömmling ging zu einem Tisch, der sich in der gegenüberliegenden Ecke von Yans Nische befand und an dem bereits ein dicker Chinese saß. Da sich der Ankömmling mit dem Rücken zur Wand setzte, konnte Yan sein Gesicht gut erkennen.

Irgendwie kam ihm der Mann bekannt vor. Aber woher? Yan sah ihn sich genauer an. Studium? Nein. Geschäftlich? Nein. Oder? Plötzlich riss Yan seine Augen auf. Er sah aus als hätte er einen Geist gesehen. Und genau das dachte er auch.

„Das ist nicht möglich", sagte Yan leise.

Er war entsetzt. ‚Das kann nicht sein. Er ist tot! Er muss tot sein!' Seine Gedanken drehten sich im Kreis. Doch es bestand kein Zweifel: Keine zehn Meter von ihm entfernt saß Tung Ming Wah.

Tung Ming Wah! Der Mann, der für den Tod seines Vaters verantwortlich war. Yan holte sein Mobiltelefon hervor und wählte eine Nummer.

Als Robert Duncan kam, fand er seinen Freund gedankenverloren vor. Etwas schien Yan zu beschäftigen. Er hatte einen abwesenden Blick. Doch als er Robert bemerkte, änderte sich sein Gesichtsausdruck sofort. Er stand auf und begrüßte seinen Freund mit einem strahlenden Lächeln. Sie reichten sich die Hände.

„Wie geht es dir, Yan?" fragte Robert.

„Mir geht es gut. Und dir?" wich Yan aus.

Er kannte Robert seit dem Studium. Robert hatte ihm während dieser Zeit einmal aus der Klemme geholfen und nach und nach immer mehr Yans Vertrauen gewonnen. Robert kannte Yans Geschäfte, er konnte ihm also vertrauen. Dennoch war er sich noch nicht sicher, ob er Robert auch von seiner Entdeckung berichten sollte. - Vielleicht später.

„Schön, dich mal wieder zu sehen. Wie ich sehe, hat sich seit meinem letzten Besuch in London nicht viel getan." stellte Yan fest.

„Stimmt. In den letzten vier Monaten hat sich nicht so viel verändert." neckte Robert ihn.

„Wann kommst *du* eigentlich mal wieder nach Hongkong?" konterte Yan.

Robert überlegte kurz.

„Yan, bring' mich bloß nicht in Versuchung." Robert verdrehte seine Augen und begann zu lächeln. Ein paar Tage Ruhe würden ihm guttun.

„Du kannst ja bei mir übernachten. Immerhin verfügt das Apartment über drei Schlafzimmer..."

Robert winkte lachend ab.

„Yan, du hörst dich an, als ob du Maklergebühren dafür bekommen würdest. - Ich kenne dein Apartment und ich danke dir für das großzügige Angebot. Aber wenn ich komme, werde ich wieder ins Hotel gehen. Danke."

„Hotel. Hotel. Hotel ist unpersönlich. - Warum kaufst du dir nicht endlich ein Apartment in Hongkong?"

„Erstens kommt es immer auf das Hotel an und zweitens darauf, was man will, Yan. Ich will meine Unabhängigkeit behalten. Ich checke ein, ich checke aus. Wann immer es mir beliebt. Ich muss keine Vorkehrungen treffen, was zu tun ist, wenn ich nicht da bin. Besitz kann auch hinderlich sein."

„Und das von jemanden, dessen Familie einen großen Landsitz in England ihr Eigen nennt."

Robert lachte. "Genau deshalb."

„Ich meine es ernst, Robert. Du könntest dir

ebenso gut ein Apartment im Highcliff leisten. Außerdem sprichst du perfekt Kantonesisch und Mandarin. Du könntest sogar ohne Probleme eine Arbeit in Hongkong bekommen. Für den Fall, dass dir langweilig würde."

„Yan, hör' auf, mir den Himmel zu versprechen." wehrte Robert lachend ab. „Du weißt genau, wie sehr ich Hongkong liebe. Ganz dort zu wohnen würde bedeuten, dass ein Traum in Erfüllung ginge. Aber was soll ich um Himmelswillen mit einer zweihundertfünfzig Quadratmeter großen Wohnung?"

„Du scherzt! Das Haus deiner Eltern ist mehr als das zehnfache größer!"

„Genau deshalb habe ich eine Abneigung gegen große Wohnungen."

Yan lachte. Er wusste, dass Roberts Vater den Schlag treffen würde, hätte er gerade die Äußerung seines Sohnes gehört.

„Stell' dich nicht so an. Ich lebe auch allein darin. Naja, da ist noch Ruby ..."

„Oh, wie geht es dem alten Mädchen?" fragte Robert interessiert nach.

„Ruby? Gut. Sie führt immer noch das Regiment und will sich nichts abnehmen lassen. Aber ich denke, dass sie wohl bald nicht mehr weiterarbeiten kann. Ich habe schon einen Platz in einem exklusiven Heim für sie reserviert. Das hat sie sich redlich verdient." erzählte Yan über sein altes Hausmädchen, das bereits bei seinem Vater als Hausmädchen gedient hatte, als Yan geboren wurde.

„Wenn ich auch so eine Ruby hätte, würde es mir vermutlich nicht so schwerfallen."

„Stell' dir vor Robert, du könntest dann häufiger Bowlen gehen." versuchte Yan ihn zu reizen. Er konnte die Leidenschaft seines Freundes für Bowling nicht verstehen. Zumal dieser seiner Leidenschaft seltsamerweise immer nur in Hongkong nachging. Dies aber mit voller Inbrunst.

„Yan, hör' auf damit! Ich nehme mir ein Hotelzimmer, wie immer." wehrte Robert ab.

„Du kommst also wieder nach Hongkong?!" rief Yan freudig aus.

Während sie aßen, überlegten sich die zwei Freunde, was sie alles während Roberts Besuch in Hongkong unternehmen wollten. Doch immer wieder sah Yan an Robert vorbei, in den Raum des Speisesaales. Was Robert keineswegs entging.

„Yan, was ist los?" fragte Robert geradeheraus.

„Was meinst du?"

„Was ist da hinten so interessant, dass du immer wieder hinschauen musst. Ist die Frau deiner Träume eingetreten? Dann steh' auf und mache ihr einen Antrag."

„Nein. Das ist eher ein wandelnder Alptraum, den ich entdeckt habe."

„Die Steuerfahndung?" neckte Robert ihn.

Yan sah Robert finster an.

„Nein. - Der Mörder meines Vaters."

„Was?!" Robert riss die Augen auf und drehte sich um.

„Wo?"

„Da hinten in der Ecke. Am Tisch mit dem lauten Dicken."

„Das ist der Polizist?"

„Ja."

Robert setzte sich wieder richtig hin und sah Yan in die Augen. Dieser hielt seinem Blick stand. Nach ein paar Sekunden des Schweigens schüttelte Robert den Kopf und beugte sich nach vorne.

„Aber damals wurde doch ein riesiges Kopfgeld auf ihn ausgesetzt. Die ganze Unterwelt Hongkongs war auf der Suche nach ihm."

„Ich weiß. Er war plötzlich wie vom Erdboden verschluckt. Nach fünf Jahren war ich mir sicher, dass er tot sein musste."

Robert lachte kurz auf, schüttelte wieder seinen Kopf.

„Wahnsinn! – Und dann siehst du ihn hier einfach so hereinspazieren. Was wirst du jetzt machen?" fragte Robert.

„Weiß ich noch nicht."

Yan blickte gedankenverloren durch die Trennwand. Hatte er nicht schon genug eigene Probleme?

„Du kommst also sicher mit nach Hongkong?" fragte Yan plötzlich nach.

„Ja. Darüber haben wir doch eben die ganze Zeit gesprochen."

Robert war überrascht. Hatte Yan noch etwas auf dem Herzen?

„Brauchst du mich?"

„Könnte sein." meinte Yan vage.

„Steckst du in Schwierigkeiten?"

„Könnte sein. Aber ich weiß es noch nicht genau."

„Erpresst man dich?"

Yan zog vorwurfsvoll die Augenbrauen zusammen.

„Nein! - Ich habe nur den Verdacht, dass es nicht ganz so ist, wie es den Anschein hat."

„Also geschäftlich? Yan, ich brauche schon genauere Informationen, was los ist, wenn ich dir helfen soll." drängte Robert Yan.

„Wenn ich es genau wissen würde, könnte ich es selbst regeln. Ich habe den Verdacht, dass sich nicht alle an die neue Struktur halten. Es gibt die eine oder andere Warnung, die ich bisher immer nur als 'dummen-Jungen-Streich' abgetan hatte. Es scheint aber eher genau geplant zu sein."

„Kommt es aus der Yi Wong oder der Konkurrenz?"

„Mein Verdacht geht in Richtung Yi Wong."

„Wer würde es wagen, den Chairman zu stürzen?"

„Der Chairman hat die Richtung gewechselt und nicht alle sind glücklich darüber." gab Yan zu bedenken. „Es wäre gut, wenn du ab und zu meine Umgebung im Auge behalten könntest."

„Du kannst auf mich zählen."

„Danke." Yan war erleichtert. Wenigstens ein menschliches Wesen war auf seiner Seite.

Das Gespräch mit dem Dicken Liu war heute bei weitem nicht so interessant wie sonst. Wah aß langsam vor sich hin und hörte dem laut schmatzenden Dicken Liu zu, der sich mal wieder über die guten alten Zeiten in China Town ausließ.

„Liu, du hast gesagt, du hast eine Neuigkeit für mich. Ich habe bereits mitbekommen, dass China Town nicht mehr das gleiche ist wie vor zwanzig Jahren. Ich habe selbst in den letzten sieben Jahren miterlebt, wie viele Restaurants und Geschäfte geschlossen wurden. Aber ich bin hier, weil du sagtest, du hättest eine interessante Neuigkeit für mich."

Wah war genervt. Er saß bereits zwei Stunden hier und hatte noch keinerlei Neuigkeiten erfahren. Die Rechnung würde wieder hoch ausfallen und er wollte dem Superintendenten nicht die Rechnung übergeben, ohne dass er wenigstens sagen konnte, dass es sich gelohnt hatte.

In der Zwischenzeit hatte sich das Restaurant geleert.

Zwei Männer traten aus der gegenüberliegenden Nische. Wah schätzte ihr Alter auf Ende zwanzig. Der eine war ein hoch gewachsener, schlanker Chinese mit markanten Gesichtszügen. Er war mit einem schwarzen Rollkragenpullover, schwarzer Stoffhose und schwarzen Schuhen bekleidet. Der andere Mann war ein Europäer, groß, normale Figur und kurzes dunkelbraunes Haar. Er trug eine Jeans, ein schwarzes Polo-Shirt und einen grünlichen Blazer aus Cord.

Beide sahen kurz zu Wah hinüber, sahen ihm

sogar direkt in die Augen, und verließen dann das Restaurant. Wah wandte sich wieder dem Dicken Liu zu.

„Sie sind viel zu ungeduldig. - Und Sie essen zu wenig, Tung." konterte der Dicke Liu.

Aber er sah Wahs Gesichtsausdruck und senkte seine Stimme ein wenig. „Ein Drachenkopf aus Hongkong ist hier."

„Hier? In dem Restaurant?"

„Nein. In London."

„Was will er hier?"

„Niederlassung eröffnen? Vielleicht?"

„Vielleicht?"

„Er muss sich ja erst mal mit den ansässigen Triaden einigen."

„Name?"

„Weiß ich noch nicht."

„Wie viele Mitglieder?"

„Ungefähr siebentausend. Relativ klein."

„So klein ist das auch wieder nicht."

„Hmm."

„Aus welchem Bezirk in Hongkong?"

„Hong Kong Island."

„Was noch?"

„Nichts."

„Bitte?"

„Nichts. Ich hab' noch nicht mehr gehört."

„Und dafür verschwendest du meine Zeit?"

„Hey, mal langsam. Die Information ist neu. Und du bist der Erste, dem ich es sage. Hab's erst gestern Abend erfahren."

„Woher hast du die Information?"

Der Dicke Liu lächelte Wah abschätzend an. Wah grinste.

„Einen Versuch war es wert."

Der Dicke Liu hielt sich die Serviette vor dem Mund und lachte grunzend vor sich hin.

Eine Stunde später trat Wah aus dem Restaurant. Er wandte sich nach links und ging zur nächsten U-Bahn-Station. Durch das Meeting am Morgen und das lange Mittagessen mit dem Dicken Liu hatte er noch keine wirkliche Arbeit erledigen können. Und die Akten auf seinem Tisch stapelten sich. Doch auch solche Treffen waren ein wichtiger Teil seiner Arbeit. Oder eher, ein interessanter Zusatz zu seinen Aufgaben, wie er es nannte.

6. Juli 1998, 18:00 Uhr, Hongkong Island

Yan betrat das Arbeitszimmer seines Vaters. Seit seiner Ankunft in Hongkong hatte er kaum eine ruhige Minute gehabt. Er hatte einige Verpflichtungen und Termine wahrnehmen müssen. Nun schloss er die Tür hinter sich. Endlich Ruhe! Langsam ging er auf den großen Schreibtisch zu. Alles war noch so, wie sein Vater es verlassen hatte. Yan hatte das Gefühl, dass sein Vater jederzeit das Zimmer betreten und sich hinsetzen müsste. Aber er kam nicht. Er konnte nicht kommen. Er war tot.

Nun saß Yan in dem großen bequemen Ledersessel hinter dem Schreibtisch. Er lehnte sich zurück. Die Yi Wong zählte ein paar tausend Mitglieder. Nicht zu vergleichen mit den 14K oder Sun Yee On. Bei manchen Triaden wurde der Chairman alle paar Jahre gewählt. Bei der Yi Wong wurde diese Position vom Vater auf den Sohn übertragen. Jetzt war Yan der Drachenkopf.

Und Yan hasste diese Tradition. Er hasste sie ebenso, wie er das Geschäft seines Vaters verabscheute und ablehnte. Doch er konnte sich ihr nicht entziehen. Yan war in dem Syndikat groß geworden, sein Vater hatte ihn von klein auf für die Rolle des zukünftigen Chairman der Yi Wong ausgebildet. Doch wie konnte der einzige Sohn sich seinem harten, Macht gewohnten Vater entziehen? Erst als Yan die Möglichkeit hatte, in London zu studieren, entkam er seinem Vater.

In London war das Leben anders gewesen. Ganz anders. Weit weg von seinem Vater und vom Syndikat. In London hatte Yan das Leben geführt, das er sich schon immer wünschte. Er studierte, er hatte englische Freunde. Er hatte Alison. Ein normales Leben. Mit

Alison. - Bei dem Gedanken an sie, stahl sich ein schmerzhaftes Lächeln auf sein Gesicht. Alison. Wie sehr er sie vermisste. Und er fragte sich, ob dieser Schmerz ihn jemals loslassen würde.

Ein Bediensteter seines Vaters trat in das Zimmer ein und holte Yan in die Gegenwart zurück. Der Diener setzte das Glas Wein, dass Yan geordert hatte, auf dem Schreibtisch ab und verließ wieder den Raum.

Yan wurde wieder bewusst, warum er hier war. So sehr er auch die ganzen einhergehenden Umstände verabscheute, der plötzliche, gewaltsame Tod seines Vaters hatte ihn erschüttert. Er konnte es immer noch nicht fassen.

Wie oft hatte sein Vater ihm gesagt, dass er die Verantwortung über eine große Familie hätte. Wie oft hatte sein Vater ihm gesagt, dass er sich niemals in Gefahr begeben dürfe. Niemals ein Risiko eingehen. Dafür gab es andere. Und doch hatte sein Vater genau dies getan. Er hatte selbst an dieser Transaktion teilgenommen. Der guten alten Zeiten und der Freundschaft Willen, die ihn mit dem Lieferanten verband. Er hatte darauf bestanden. Obwohl es schon ein Gerücht gab, dass jemand vom Narcotics Bureau der Hong Kong Police Force auf seiner Fährte sei. Das konnte ihn nicht abschrecken.

,Yan,' hatte Wong Zhao Wen seinem Sohn am Telefon versichert, ,mache dir wegen dem Polizisten keine Sorge. Er wird nicht mehr lange lästig sein.'

Aber es kam anders. Kaum war die Transaktion abgeschlossen, da drangen plötzlich bewaffnete Einheiten der Polizei in das Gebäude ein. Und das, obwohl Wong Zhao Wen die Transaktion kurzfristig vorverlegt, sowie den Übergabeort geändert hatte. Wong Zhao Wen war das Risiko eingegangen. Und er hatte verloren. Yan schloss die Augen. Das Ganze ergab keinen Sinn. Warum hatte sein Vater darauf bestanden an der Transaktion teilzunehmen? Und was hatte sein Vater am Telefon gemeint? Was hatte ihn so sicher gemacht, dass nichts schief gehen würde? Schließlich war nicht jeder Mensch käuflich.

Yan erhob sich. Er ging zum Safe, der hinter einer großen eingerahmten Kalligrafie verborgen war. Die Zahlenkombination war der Todestag von Yans Mutter. Die Tür öffnete sich. Ihm fiel sofort ein großer Umschlag auf. Er nahm ihn heraus und ging zum Schreibtisch zurück. In dem Umschlag fand er eine Notiz seines Vaters, sowie einige Fotografien. Auf den Fotografien war immer wieder derselbe Mann zu sehen. Yan kannte ihn nicht. Der Notiz konnte er jedoch entnehmen, dass dies der Polizist war, der es auf das Syndikat abgesehen hatte. Sonst war nichts vermerkt. Yan griff zum Telefon.

Kwong Wai Ming betrat den Raum. Er war nicht sehr groß, schlank und machte den Eindruck eines verklemmten Buchhalters. Seine kurzen grauen Haare standen vom Kopf ab und er trug eine runde Brille. Etwas zu groß für sein Gesicht. Doch er war der beste Freund und enger Vertrauter von Wong Zhao Wen gewesen. Dessen Tod bekümmerte ihn mindestens ebenso wie Yan.

‚Vielleicht sogar mehr', schoss es Yan durch den Kopf. Yan hatte schon vorher kein gutes Verhältnis zu seinem Vater gehabt. Doch seit dieser ihm Alison genommen hatte, hatte Yan den Kontakt nur noch auf das Allernötigste reduziert.

Dennoch sann Yan nach Rache für den Tod seines Vaters. Er hoffte, dass Kwong Wai Ming Licht in die Sache bringen konnte. Yan stand auf und begrüßte den älteren Herrn respektvoll.

Als Kwong Wai Ming drei Stunden später wieder den Raum verließ, hatte Yan einen Entschluss gefasst: Dieser Polizist musste zur Verantwortung gezogen werden.

Dafür würde er sorgen!

24. Juni 2005, 9:45 Uhr, London

„Was gibt es, Superintendent?" fragte Wah, als er das Büro betrat und die Tür hinter sich schloss.

Auf dem Schreibtisch von Superintendent Alcott lagen ein großer Umschlag und einige großformatige Abzüge von Fotografien.

„Setzen Sie sich, Wah. Das wurde soeben von einem Kurier abgegeben."

Mit diesen Worten übergab er Wah die Abzüge. Auf allen Bildern war Mui abgebildet. Wah presste die Lippen zusammen.

„Die Flying Squad ist schon auf dem Weg zur Schule ihrer Tochter, um eine eventuelle Entführung zu verhindern." erklärte der Superintendent.

Wah atmete laut aus und vergrub sein Gesicht in den Händen. Seine Augen brannten, sein Hals schmerzte und die Brust zog sich zusammen.

'Nicht Mui!' dachte er entsetzt. 'Nicht auch noch Mui!'

Seine Gedanken begannen, sich zu überschlagen.

Als Superintendent Alcott wieder das Wort ergriff, hob Wah seinen Kopf, um dem Superintendenten in die Augen zu sehen. Er hatte sich wieder unter Kontrolle.

„Könnte es sein, dass Sie jemanden auf die Füße getreten sind?"

„Nicht, dass ich wüsste."

„Hat es vielleicht was mit dem Dicken Liu zu tun?"

„Was sollte das mit dem Dicken Liu zu tun haben?"

„Er wurde heute Morgen tot im Kofferraum seines Wagens gefunden. Man hatte ihn niedergemetzelt. Die Gerichtsmediziner untersuchen ihn gerade."

Wah lehnte sich in dem Stuhl zurück. Er starrte in eine Ecke des Büros. Seltsam. Jahrelang hatten die Triaden ihn in Ruhe gelassen, und nun wurde er plötzlich ermordet? Je nachdem was der Dicke Liu als Versicherung hinterlegt hatte, könnte es in China Town oder ganz England äußerst unruhig werden. Selbst Triaden-Kriege wären nicht ausgeschlossen. Doch wer sollte ihn ermorden? Und warum? Er hatte schon brisantere Informationen weitergegeben und es wurde ihm kein Haar gekrümmt. Gab es eine Verbindung zwischen dem Mord und den Bildern von Mui? Was zum Teufel hatte Mui damit zu tun? – Der Superintendent riss ihn aus den Gedanken.

„Sie hatten sich doch letzte Woche mit ihm getroffen, nicht wahr?"

„Ja."

„Worum ging es?"

„Es ging um einen Drachenkopf aus Hongkong, der sich wohl hier niederlassen will. Das Syndikat soll sich hauptsächlich in Hongkong Island aufhalten. Circa siebentausend Mitglieder."

„Was noch?"

„Ich habe bis jetzt nichts weiter herausfinden können."

„Und Ihnen ist im Restaurant niemand aufgefallen?"

„Das Restaurant war voll."

„Mensch, Sie sind Polizist! Diese Ausrede kann ich

nicht gelten lassen."

Wah ging in Gedanken nochmals die drei Stunden mit dem Dicken Liu durch.

„Da waren diese beiden Männer. Sie hatten hinter der geschnitzten Trennwand gesessen, die die Nische von dem großen Raum trennt."

„Geschäftsleute?"

„Kaum."

„Was waren das für Männer?"

„Ein hoch gewachsener, schlanker Chinese und ein Europäer."

„Kennen Sie sie?"

Wah sah Superintendent Alcott mit hoch gezogenen Augenbrauen an. Er mochte es nicht, unnötige Fragen beantworten zu müssen. Wenn er die Männer gekannt hätte, hätte er es schließlich bereits gesagt.

„Können Sie die Männer beschreiben?"

„Ja."

„Ist Ihnen sonst noch jemand aufgefallen?"

„Nein."

„Nun. - Lassen Sie Marty überprüfen, wer die Nische an dem Tag reserviert hatte. Dann gehen Sie zu Johnson und lassen Phantombilder anfertigen. Vielleicht ist das eine Spur."

„Was ist mit Mui?"

„Mui wird hierhergebracht. Sobald sie da ist, geben wir Ihnen Bescheid."

„Und dann?"

„Wir bringen Sie und Ihre Tochter in eine gesicherte Wohnung. Sie sollten uns noch eine Liste geben, was Sie alles aus Ihrem Haus in Ealing benötigen. Solange wir nicht wissen, wer dahintersteckt, sollten Sie das Haus nicht mehr betreten."

Wah stand auf und verließ den Raum. Er ging sofort zu Johnson in die fünfte Etage.

„Hallo Wah!" rief ihm Johnson entgegen.

„Hi Peter."

„Der graue Fuchs hat mir schon Bescheid gesagt. Wir können sofort loslegen." grinste Peter.

Peter Johnson war ein Mann um die vierzig, der aber aussah, als lebte er noch in den achtziger Jahren. Er trug immer noch seine große Brille und diese bunten Hawaii-Hemden, Karotten-Jeans und weiße Socken. Doch so verrückt er auch aussah, er war ein hervorragender Polizist. Früher hatte er verdeckt ermittelt. Doch seine Tarnung flog eines Tages auf und er war mehr tot als lebendig, als man ihn gefunden hatte. Seitdem saß er im Rollstuhl und konnte nur noch seinen rechten Arm bewegen. Er war ein Kämpfer. Gab nicht auf. Und hatte sich mit seinem Talent zum Zeichnen auf das Erstellen von Phantombildern spezialisiert. Wah und alle anderen Kollegen bewunderten ihn.

Wah begann mit den Beschreibungen und nach fünfundvierzig Minuten hatte Johnson genaue Phantombilder der beiden Männer angefertigt.

„Bitte gib' mir eine Kopie der Dateien, wenn du

fertig bist?"

„Wieso?"

Wah sah ihm in die Augen und lächelte schwach.

„Traust uns wohl nicht?" neckte Johnson.

„Damit hat das nichts zu tun."

Johnson lachte.

Kaum war Wah an seinen Schreibtisch zurückgekehrt, kam Superintendent Alcott auf ihn zu. Der Superintendent sah Wah besorgt an.

„Wah. – Kommen Sie bitte mit in mein Büro." sagte der Superintendent leise.

Allein der Blick von Superintendent Alcott bestätigte Wahs Sorge, dass die Polizei zu spät bei Muis Schule angekommen war. Wah schloss seine Augen und versuchte tief durchzuatmen. Als er die Augen wieder öffnete, sah er auf das eingerahmte Bild neben seinem Monitor…

‚Niemand kann vor seiner Vergangenheit fliehen.' dachte er und erhob sich langsam, um dem Superintendenten in dessen Büro zu folgen.

25. Juni 2005, 14:27 Uhr, London, Ealing

Das Ermittler Team hatte sich in Wahs Haus eingerichtet. Die Abhörspezialisten hatten ihre Computer auf dem Esstisch aufgebaut. Es gab noch keine Nachricht von den Entführern.

Inspector Buchanan, der die Ermittlungen in dem Entführungsfall Ai Mui leitete, saß mit seinem Team und Wah zusammen im Wohnzimmer. Auf dem Wohnzimmertisch lagen die angefertigten Phantombilder und ein paar andere Dokumente.

Inspector Buchanan begann die Besprechung.

„Der Europäer konnte als Robert Duncan identifiziert werden. Stammt aus reicher Familie. Hat in London studiert, geht aber keiner beruflichen Betätigung nach. Die Eltern sind geschieden. Duncan hatte eine Halbschwester namens Alison, die vor ein paar Jahren bei einem Autounfall ums Leben kam. Gegen ihn liegt nichts vor. - Heute Morgen erhielten wir eine Antwort von Interpol. Hong Kong Police Force hat den Chinesen als Wong Wei Yan identifiziert. Er ist der Drachenkopf eines Syndikats namens..."

„Yi Wong." beendete Wah den Satz.

„Stimmt."

Inspector Buchanan sah Wah interessiert an.

„Was wissen Sie darüber? Hatten Sie mit ihnen in Hongkong zu tun?"

Wah nickte.

„Ich hatte in Hongkong gegen die Yi Wong ermittelt. Das Syndikat betreibt seine Geschäfte hauptsächlich auf Hongkong Island. Es hatte Monate gedauert, genug Beweismittel und Informationen zu bekommen, um endlich gegen das Syndikat vorgehen und es hoffentlich zerschlagen zu können. Als es dann endlich so weit war und wir bei einem Rauschgifttransfer zu griffen, kam es zu einem Schusswechsel. Der Drachenkopf der Yi Wong, der an der Transaktion selbst teilgenommen hatte, wurde dabei erschossen. Wir hatten zwar dem Syndikat einen bitteren Schlag versetzt, aber es war keineswegs zerschlagen worden. Sein Sohn, Wong Wei Yan, wurde daraufhin der Drachenkopf des Syndikats. Er hatte ein hohes Kopfgeld auf mich ausgesetzt. Nahezu die gesamte Unterwelt Hongkongs war auf der Suche nach mir.

„Auf höherer Ebene konnte man eine Lösung finden und somit schied ich unter strengster Geheimhaltung bei der Hong Kong Police Force aus und begann, bei der Met zu arbeiten. Lediglich mein ehemaliger Partner, Chow Nie Wen, der auch mein bester Freund ist, wusste davon. Für alle anderen war ich einfach verschwunden."

„Noch etwas, was ich wissen sollte?" fragte Buchanan.

„Am gleichen Tag, als wir gegen die Yi Wong vorgingen, kam meine Frau durch eine Autobombe ums Leben. Vermutlich eine Warnung der Yi Wong, sich nicht in ihre Angelegenheiten einzumischen. Es konnte aber nie bewiesen werden."

Inspector Buchanan und seine Leute rissen die Augen auf. Als Wah dies berichtete, hätte man meinen können, dass ihn dies alles nicht persönlich betreffen würde, so ruhig saß er da. Inspector Buchanan schüttelte den Kopf.

‚Asiaten. Nur nicht die Beherrschung vor anderen verlieren. Das käme einem Gesichtsverlust gleich. Selbst wenn es um die eigene Familie geht.' dachte der Inspector respektvoll. Er hatte schon viel mit Asiaten zu tun gehabt. Er kannte ihre Kultur und ihre Verhaltenskodexe. Er wusste, was *Guanxi* bedeutet und wie sehr es die Ermittlungen behindern konnte. Man kämpfte gegen eine Mauer des Schweigens an, die man nur nach und nach durchbrechen konnte. Man musste die Regeln kennen, um kleine Nischen entdecken und für die Ermittlungen nutzen zu können. Diese Kenntnisse hatten ihm bei den Ermittlungen immer gute Dienste geleistet. Weshalb er auch für die Leitung dieser Ermittlung zuständig war.

Doch meist waren die Fälle innerhalb einer Kommune. Hier war die Sachlage anders. Wie Inspector Buchanan schon erfahren hatte, hatte Inspector Tung keinen Kontakt zu den Chinesen in der Londoner Kommune. Und nachdem, was er eben gehört hatte, wusste er auch warum. Hier würde er vermutlich nicht mit den Folgeproblemen von *Guanxi* in Berührung kommen. Andererseits machte dies nun auch die Ermittlung etwas schwieriger.

„Könnte es also sein, dass man Sie erkannt hat?"

„Vielleicht."

„Hatten Sie Wong Wei Yan früher schon mal gesehen?"

„Nein. Er war in der damaligen Zeit in England. – Außerdem hätte ich ihn dann ja auch im Restaurant erkannt."

Der Inspector hob die Augenbrauen.

„Wissen Sie, was er hier gemacht hat?"

„Wann?"

„Damals."

„Studiert."

„Können Sie mir mehr sagen?"

„Nein. Ich hatte mich zu sehr auf seinen Vater konzentriert." antwortete Wah kurz.

Der Inspector machte sich Notizen. Hier würde er nachforschen lassen. Aus den Unterlagen, wusste er, dass Robert Duncan den Tisch in dem Restaurant reserviert hatte. Man wusste nur nicht genau, wo sich die beiden Männer kennengelernt hatten. Doch nun fügten sich langsam die Puzzleteile zusammen und so langsam konnte ein Bild erkannt werden.

Dann kannte Robert Duncan Wong Wei Yan vermutlich vom Studium her. Da Robert Duncan zwei Jahre jünger war als Wong Wei Yan, konnten sie jedoch kaum die gleichen Kurse belegt haben. Aber etwas hatte die beiden Männer verbunden. Das würden sie auch noch herausfinden.

„Gut, dann überprüfen wir, ob Wong an der gleichen Universität wie Duncan studierte. Vielleicht finden wir dort ein paar Hinweise. In der Zwischenzeit geht die Suche hier weiter."

„Das ist doch die Suche nach einer Nadel im Heuhaufen." bemerkte Wah.

„Was anderes bleibt uns nicht übrig, Mr. Tung, solange sich die Entführer nicht melden, müssen wir eben die Nadel suchen.“

Wah rieb sich am Kinn. Er fühlte sich hilflos.

29. Juni 1998, 16:43 Uhr, Hongkong Island

Johnny Lee erhob sich von dem Sofa. Nur mit Unterhemd und Shorts bekleidet schlurfte er mit den Flip-Flops zur Wohnungstür. Er sah durch den Spion in der Wohnungstür. Ein Lieferjunge stand vor der Tür. Voller Freude auf sein Abendessen öffnete Johnny Lee die Holztür und zog das Metallgitter zur Seite.

In diesem Moment sprang Wah von der oberen Treppe hinab und stieß den Lieferjungen zur Seite, der sich vor lauter Angst umgehend aus dem Staub machte. Wah warf sich gegen die Tür, die Johnny Lee schnell wieder schließen wollte. Johnny Lee torkelte nach hinten. Wah drang in das kleine Apartment ein, schmiss die Tür zu und stürzte sich auf Johnny Lee.

„Hallo, Johnny!"

„Mein Gott, Wah! Du hast mich zu Tode erschreckt!"

Johnny Lee versuchte sich zu befreien.

„Ja, die Freude, mich zu sehen, war nicht zu übersehen."

Wah schubste Johnny Lee weiter in das Wohnzimmer.

„Was machst du hier? Willst du, dass man mich umbringt?"

Johnny Lee hoffte, dass er noch mit einem blauen Auge davonkommen würde, wenn er sich unwissend stellte. Doch das machte Wah nur noch wütender.

„Warum warst du gestern Abend nicht am Treffpunkt?"

Wah hatte Johnny Lee gegen eine Wand gepresst. Sein Arm drückte fest gegen Johnny Lees Kehle.

„Ich hatte zu tun. Man gab mir ein paar Sonderaufträge, die ich zu erledigen hatte."

„Beinhalteten diese Sonderaufträge auch, mir ein paar Schläger auf den Hals zu hetzen?"

Wah ließ Johnny Lee los. Gerade als dieser sich entspannen wollte, schlug Wah ihm ohne Vorwarnung mit der Faust ins Gesicht. Blut schoss aus der Nase. Johnny Lee schrie vor Schmerz auf und bedeckte seine gebrochene Nase mit beiden Händen. Blut rann zwischen seinen Fingern hinunter.

„Du Mistkerl hast mir die Nase gebrochen!" schrie Johnny Lee ihn hysterisch an.

„Wenn ich keine brauchbaren Informationen von dir bekomme, breche ich dir noch viel mehr." herrschte Wah ihn an und hob wieder seine geballte Faust.

„Du bist ja verrückt!"

Wah holte weiter aus.

„Nicht!"

„Hast du mir die Schläger auf den Hals gehetzt?"

„Nein."

„Sicher?"

„Ja, verdammt. Vielleicht hat jemand gemerkt, dass ich ein paar Informationen weitergebe."

„Quatsch! Dann lägst du in 6 Teilen auf dem Boden und würdest mir nicht mit so blöden Antworten kommen." bemerkte Wah trocken.

Johnny Lee sah ihn entsetzt an.

„Was ist also mit den Informationen?" hakte Wah nach.

„Ich habe noch nichts herausfinden können."

Wahs Faust schoss wieder auf Johnny Lees Nase.

„Du Scheißkerl!" brüllte Johnny Lee vor Schmerz auf.

„Was ist mit den Informationen?"

„Ich hab' sie noch nicht! Scheiße! – Warum fragst du nicht mal deinen Partner?"

„Welchen?" fragte Wah überrascht.

„Na, deinen Partner. Nie Wen."

„Was hat Nie Wen damit zu tun?"

„Du weißt es nicht? Hey, der Kerl ist ein Sohn von Wong Zhao Wen!" sagte Johnny Lee schadenfreudig. Aber die Reaktion, die er erhofft hatte, blieb aus.

„Sag' mir was, was ich noch nicht weiß."

Wah trat einen Schritt zurück. Er kannte Johnny Lee schon lange. Und er kannte ihn gut genug, um zu wissen, dass Johnny Lee die Wahrheit sprach. Denn dessen Loyalität war ebenso niedrig wie seine Schmerzgrenze. Wah riss sich wieder zusammen. Er war hier, weil er Informationen über den nächsten Drogentransfer der Yi Wong haben wollte.

Aufgrund der Aussage und des ruhigen Verhaltens von Wah war Johnny Lee der Überraschte. Tung hatte davon gewusst?

„Besorg' mir die Informationen und wage ja nicht, mich hereinzulegen."

„Wie soll ich denn an die Informationen rankommen?"

„Das ist dein Problem. Ich will die Informationen. Bis morgen früh."

„Meinst du etwa, der alte Wong gibt den Übergabetermin in der Zeitung bekannt?"

Wah grinste und kniff in eine von Johnny Lees fleischigen Backen. Er drehte die Backe ein wenig. Johnny Lee, der durch die zweifach gebrochene Nase noch mehr Schmerzen hatte, fing an zu winseln.

„Wir sehen uns – morgen früh!"

Damit ließ er Johnny Lee los und verließ die Wohnung.

Jetzt musste er sich um Nie Wen kümmern. Das Blatt hatte sich gewendet. Denn nun musste er seinen besten Freund und Partner beschatten lassen. Er musst einfach Klarheit haben, ob er Nie Wen auch weiterhin vertrauen konnte oder nicht. Diese Blutsverwandtschaft mit Wong Zhao Wen durfte nicht die Ermittlungen zunichtemachen.

26. Juni 2005, 12:53 Uhr, London, Ealing

„Habt ihr euch die Nachrichten angesehen? In China Town ging's mal wieder heiß her. Die Kollegen machen eine Razzia nach der anderen. Eine Verhaftung nach der anderen. Man, da will ich im Moment keine Berichte schreiben müssen." rief Williams aufgeregt in den Raum, als er das Haus von Wah betreten hatte.

Inspector Buchanan warf ihm einen tadelnden Blick zu. Alle kannten die Nachrichten. Aber sie waren nicht hier, um die Arbeit ihrer Kollegen zu verfolgen.

„Okay, Steve, du kannst heimgehen. Ich übernehme." sagte Williams nun viel leiser und auch etwas enttäuscht zu seinem Kollegen, der seit den frühen Morgenstunden die Schicht hatte.

Wie gern hätte Williams über die Vorkommnisse in China Town, die auch auf andere Städte in England übergriffen, gesprochen und über die Hintergründe spekuliert. Doch der Blick des Inspectors hatte ihn wieder daran erinnert, dass die Tochter eines Kollegen entführt worden war.

Zwei Tage waren seit Ai Muis Verschleppung vergangen. Und immer noch keine Nachricht von den Entführern. Die Nerven lagen blank. Inspector Buchanan saß im Wohnzimmer von Wahs Haus in Ealing. Er beobachtete Wah, der am Fenster stand und hinaus starrte. Wah kannte das Vorgehen der Polizei bei Kidnapping. Das erleichterte Inspector Buchanan die Arbeit. Allerdings hatte Wah seinen eigenen Kopf und hielt immer noch engen Kontakt mit seinem besten Freund, Chow Nie Wen, in Hongkong. Und *das* war Inspector Buchanan und dem Team ein Dorn im Auge. Eigentlich sollte Wah wissen, dass Kontakt nach außen verboten war, bis der Fall geklärt wurde. Schließlich wusste man nie, wer hinter der Entführung steckte, und so konnte die Weitergabe von Informationen an falsche Personen verhindert werden. Doch in diesem einen Punkt, in Bezug auf Nie Wen, war Wah uneinsichtig und starrköpfig.

Wah wusste seit ungefähr sieben Jahren, dass Nie Wen der uneheliche Sohn von Wong Zhao Wen war. Somit auch der Halbbruder des jetzigen Chairmans der Yi Wong, Wong Wie Yan. Doch Nie Wen schien das nicht zu wissen. Auch hatte er keinen Kontakt zur Yi Wong gehabt.

Seit Wah vor sieben Jahren davon erfahren hatte, hatte er ihn beschatten lassen und auch einige Male auf die Probe gestellt. Nie Wen hatte definitiv keinen Kontakt zur Yi Wong oder zu Wong Zhao Wen gehabt.

Plötzlich klingelte das Telefon. Endlich! Wah ging auf das Telefon zu. Nachdem er das Okay von dem Abhörspezialisten erhalten hatte, hob er den Hörer ab.

„Hallo?"

„Hallo. Kann ich bitte Nelly sprechen?"

„Sie haben sich verwählt."

„Oh. Entschuldigung."

Es klickte.

Wah legte den Hörer geräuschvoll auf die Gabel.

Der Abhörspezialist wollte gerade seine Kopfhörer wieder auszuziehen, als es abermals klingelte. Wah wartete auf das Zeichen des Polizisten und hob wieder ab.

„Hallo?"

„Mit wem spreche ich?"

Wah war überrascht und blickte zum Inspector.

„Tung Ming Wah."

Der Inspector riss seine Augen auf und blickte zum Abhörspezialisten. Dieser versuchte eifrig, den Anruf so schnell wie möglich zurückzuverfolgen. Doch er wurde von einem Land ins andere geführt. Die Entführer waren vorsichtig.

„In einer halben Stunde rufe ich Sie wieder an. Dann will ich von Ihnen hören, wann Sie in Hong Kong ankommen und in welchem Hotel Sie wohnen werden!"

„In Ordnung."

Das Gespräch wurde unterbrochen. Wah atmete tief ein und legte den Hörer langsam auf.

„Was war das denn?" fragte Inspector Buchanan.

Wah setzte sich auf die Armlehne des Sofas.

„Die Entführer rufen in einer halben Stunde wieder an. Dann wollen sie wissen, wann ich in Hongkong ankomme und in welchem Hotel ich wohnen werde."

„Hongkong?!" rief der Inspector überrascht.

Wah fuhr sich mit einer Hand durch das Haar und stand auf. Er ging zum Fenster und sah wieder hinaus. Inspector Buchanan ging zum

Abhörspezialisten. Doch dieser schüttelte nur den Kopf, starrte konzentriert auf den Bildschirm und tippte nervös auf die Tastatur. „Vielleicht eine abhörsichere Satellitenverbindung. Ich weiß es nicht genau. Sie hatten viele Irrläufer vorgeschaltet. Der Anruf war zu kurz."

Wah sah auf die Uhr, ging wieder zum Telefon und hob den Hörer ab. Er wählte eine lange Nummer und wartete bis sich jemand meldete.

„Hallo!" lautete die unwirsche Antwort.

Wah wusste, dass es mitten in der Nacht in Hongkong war. Nie Wen hatte vermutlich schon geschlafen.

„Hallo Nie Wen, hier ist Wah. Kannst du mir ein Hotel in Hongkong empfehlen?"

Kurze Pause.

„Hongkong?" fragte Nie Wen überrascht.

Mit einem Schlag war er hellwach.

„Die Entführer haben sich gemeldet. In einer halben Stunde muss ich ihnen sagen, wann ich in Hongkong ankomme und wo ich wohnen werde." antwortete Wah.

„Dann ist Mui vielleicht schon hier..." sagte Nie Wen gedankenverloren, doch dann besann er sich. „Geh' doch ins Novotel Century Harbourview."

Wah zog die Augenbrauen zusammen. ‚Wieso kam das so schnell?' Da es immer mehrere Hotels in einer Stadt gibt, mussten Einheimische meistens erst überlegen, welches Hotel sie empfehlen würden. Schließlich musste man als Einheimischer keine Hotels im Kopf haben.

„Kenne ich nicht." antwortete Wah.

„Hm, du warst wohl schon weg, als es eröffnet wurde." überlegte Nie Wen laut.

„Und woher kennst du es?" fragte Wah leicht gereizt.

„Ich wohne im Haus gegenüber."

Wah musste grinsen.

„Und wo ist das genau?"

„Hongkong Island, Western District, 508 Queens Road West. Hör' zu, ich buche dir dort ein Zimmer."

„Nein, das kann die Polizei machen. Die sind ohnehin mit den Flügen beschäftigt."

„Okay."

„Danke."

„Keine Ursache. Lass' mich wissen, wann du hier ankommst."

Wah legte auf. Der Inspector ging auf ihn zu.

„Mr. Tung, wir sind gerade dabei, Sie bei British Airways auf eine der morgigen Maschinen nach Hongkong zu bekommen. Der erste Flug von Cathay Pacific ist schon ausgebucht."

„Gut. Mein Freund hat mir das Novotel Century Harbourview empfohlen."

„Wir haben Ihnen schon ein Zimmer reserviert."

„Dann buchen Sie das bitte um."

Der Inspector zog die Augenbrauen hoch.

„Versuchen Sie's, Williams." gab er den Auftrag unwillig weiter.

„Inspector," widersprach Williams „in Hongkong

fängt bald das Shopping Festival an. Da dürften die Zimmer rar sein…"

„Woher wissen Sie das?"

„Das habe ich beim Buchen des Zimmers erfahren."

„Versuchen Sie's trotzdem."

Der Mitarbeiter wandte sich murrend seinem Computer zu und machte sich wieder an die Arbeit. Die Zeit wurde knapp.

Nach einigem hin und her bekamen sie schließlich die Bestätigung, dass Wah tatsächlich am nächsten Tag mit dem British Airways Flug BA0025 nach Hongkong fliegen konnte. Und es fand sich auch noch ein Zimmer für Wah im Novotel Century Harbourview.

Jetzt mussten sie auf den zweiten Anruf warten. Noch acht Minuten. Der Zeiger der Standuhr wollte sich nicht weiterbewegen. Jede Sekunde kam ihnen wie eine Ewigkeit vor.

Endlich klingelte das Telefon erneut.

27. Juni 2005, 15:38 Uhr, Hongkong Island, Queens Road West

Robert hatte eine ganze Weile im Taxi wartend verbracht, bis endlich Yans Limousine in die Stubbs Road einbog. Er wies den Taxifahrer an, der Limousine mit etwas Abstand zu folgen. Als Yans Limousine endlich im Western District anhielt und Yan ausstieg, ließ auch Robert den Taxifahrer anhalten. Er sah, wie Yan in einen Hauseingang eintrat und darin verschwand. Robert stieg aus und sah sich um. Direkt hinter sich entdeckte er das Shek Tong Tsui Municipal Services Building. Da er wusste, dass es in diesen Municipal Centren, die überall in den jeweiligen Distrikten verteilt waren, auch ein Restaurant gab, ging er hinein.

Er fuhr mit dem Aufzug in den zweiten Stock, in dem sich das Restaurant befand. Robert trat ein und nahm an einem runden Tisch in der Nähe des Fensters Platz. Er hatte den Hauseingang, durch den Yan das Gebäude betreten hatte, genau im Blickfeld. Robert bestellte sich Tee und zwei Gerichte mit Huhn. Das Essen war sehr günstig und wie er kurz darauf feststellen konnte, auch hervorragend zubereitet. Wäre die Speisekarte nicht ausschließlich in kantonesischen Schriftzeichen geschrieben, wäre dies ein hervorragender Geheimtipp für Low-Budget-Traveller. Aber er war schließlich nicht hier, um einen Beitrag für den 'Lonely Planet' zu schreiben.

Also aß er in Ruhe das Essen und behielt weiterhin den Hauseingang im Blick. Er wusste, dass Yan sich auf in letzter Zeit auf gefährliche Treffen einließ.

Denn in letzter Zeit erhielt er immer mehr Drohbriefe und seine Unternehmungen, die Yi Wong zu legalisieren, wurden immer wieder sabotiert. Nun war Yan auf der Suche nach dem Feind innerhalb der Yi Wong. Doch dazu musste er sich mit Informanten und teilweise auch mit anderen Drachenköpfen treffen. Was keineswegs ungefährlich war.

Nie Wen hatte gerade das Haus verlassen und die Straße überquert, als er plötzlich Yan in ein Haus eintreten sah. Diese Gegend war ungewöhnlich für Yan. Was wollte er hier? Nie Wen ging zu dem Hauseingang, in dem Yan verschwunden war, und merkte sich die Hausnummer. Das wollte er nun doch genauer wissen.

Um das Haus besser und unauffällig beobachten zu können, entschloss er sich, in das Restaurant in dem Municipal Centre zu gehen, das dem Haus gegenüber lag. Hier aß er ab und zu und somit würde es gar nicht auffallen, wenn er jetzt mal vorbeischauen würde.

Als er aus dem Aufzug stieg und das Restaurant betrat, wurde er schon begrüßt. Da er meistens das gleiche zu essen pflegte, bestätigte er nur die Vermutung des Kellners und setzte sich an einen freien Tisch am Fenster.

An einem anderen Tisch saß ein Ausländer. Nie Wen wunderte sich. Ausländer waren so gut wie nie hier. Zudem war er zu gut für das Restaurant gekleidet. Als der Kellner dem Ausländer das Essen brachte und dieser in reinem Kantonesisch mit dem Kellner redete. Außerdem kam ihm der Ausländer bekannt vor. Nie Wen aß in Ruhe, sah immer wieder zu dem Hauseingang und beobachtete den Ausländer. Eines war klar, sie hatten beide den gleichen Hauseingang im Blick. Also musste der Ausländer an Yan interessiert sein. Aber in welcher Weise? Er schien Engländer zu sein. Und da es derzeit in Londons China Town sehr unruhig geworden war, könnte es durchaus sein, dass es ein angeheuerter Scharfschütze war, der seine Zielperson auskundschaftet. Nie Wen betrachtete den Mann genau, damit er ihn auf jeden Fall wieder erkennen würde.

Mary betrat das Büro von Inspector Cheung.

„Die Unterlagen vom Liaison Bureau sind gerade
eingetroffen." sagte sie und legte die Papiere auf den
Schreibtisch.

Inspector Cheung nahm die Mappe auf und
verteilte den Inhalt nach kurzer Ansicht an seine
Mitarbeiter.

„Sind die Phantombilder auch dabei?"

„Ja. – Hier. Die Met hat diese Bilder schon von uns
analysieren lassen. Bei dem Chinesen handelt es sich
um Wong Wei Yan. Er ist der Drachenkopf der Yi
Wong, seit sein Vater vor sieben Jahren bei einem
Polizeieinsatz erschossen wurde."

„Die Met glaubt, dass er hinter der Entführung
steckt?"

„Wäre nicht abwegig. Wong Wei Yan hatte Tung
für den Tod seines Vaters verantwortlich gemacht
und ein Kopfgeld auf ihn ausgesetzt. Tung tauchte
unter. Jahre später entdeckt Yan ihn zufällig in
London und findet auch heraus, dass Tung eine
Tochter hat. Wie könnte man sich besser an ihm
rächen oder ihn zwingen zurückzukommen, als seine
Tochter zu entführen?"

„Hat man Tung diese Vermutung schon
mitgeteilt?"

„Als man ihm den Namen des Chinesen nannte,

zog er diese Möglichkeit selbst in Betracht."

„Das heißt, wir müssten nur ein paar Leute der Yi Wong beschatten und kämen zu der Kleinen?" fragte Keung.

„Ich bezweifle, dass man es uns so einfach machen wird. – Wann landet die Maschine von Tung?"

„Die Maschine soll kurz nach 13 Uhr landen."

Inspector Cheung sah auf seine Uhr.

„Dann haben wir noch ein wenig Zeit, bevor wir losmüssen. – Weiß er, dass er abgeholt wird?"

„Ja. Er wird gleich nach der Einreise abgefangen und zum Wagen gebracht. – Sie kennen ihn von früher, oder?"

Der Inspector nickte.

„Ja. Wir waren zusammen auf der Polizeiakademie. Er ist später zum Narcotics Bureau gegangen. Ab und zu hatten wir Informationen ausgetauscht."

„Wie ist er so?"

„Stur. Hatte sich an Wong Zhao Wen festgebissen. Er war fast besessen. Aber er war auch ein Profi. Wusste, wie weit er gehen konnte. Er verlangte hundertprozentigen Einsatz. Doch wenn es Probleme gab, hatte er immer zu seinen Leuten gehalten und blieb fair."

„Weiß jemand, was mit Chow Nie Wen ist?"

„Wir haben ihn im Auge." antwortete Ming.

„Hält Tung weiterhin den Kontakt mit ihm?"

„Ja. Leider. Tung hatte ihn kurz vor seinem Abflug vom Flughafen aus noch mal angerufen. – Da lässt er nicht mit sich reden."

„Seht zu, dass Chow uns nicht in die Quere kommt."

„Und wenn wir alle zusammenarbeiten?" fragte Mary. „Immerhin war Chow auch Polizist."

„Ist er aber nicht mehr. Zudem wäre er ohnehin zu befangen. Er ist Muis Patenonkel."

„Aber die Entführer würden nicht mit ihm rechnen. Er könnte unser Trumpf im Ärmel sein."

Die Männer bedachten Mary lediglich mit einem strafenden Seitenblick und wandten sich wieder den Dokumenten und Protokollen zu, die ihnen die Metropolitan Police Services, London, über das Liaison Bureau hatte zukommen lassen. In einer halben Stunde mussten sie los.

28. Juni 2005, 20:45 Uhr, Hongkong Island

Wah stieg aus dem Fahrstuhl. Er war müde. Der lange Flug und die Gespräche mit der Polizei hatten ihre Spuren hinterlassen. Wah hatte Mühe gehabt, seine Begleiter zu überzeugen, dass er wirklich nur einen Freund besuchte. Hier war man ebenso wenig darüber begeistert, wie die Polizei in London, dass er engen Kontakt zu Nie Wen hielt. Man hatte ihn zwar gehen lassen, aber es warteten zwei Polizisten vor dem Gebäude auf ihn. Er drückte auf den Klingelknopf und nach einer kurzen Weile wurde die Holztür geöffnet.

Nie Wen hätte seinen Freund beinahe nicht mehr erkannt. Wah hatte stark abgenommen, sein Haar war in den letzten Tagen komplett ergraut und um seine Augen lagen dunkle Schatten. Nicht mehr mit dem Bild zu vergleichen, das Wah letzten Monat zusammen mit Mui per E-Mail an Nie Wen geschickt hatte.

„Du siehst scheiße aus." begrüßte Nie Wen seinen Freund.

„Danke. Ich freue mich auch, dich zu sehen." konterte Wah.

Nie Wen öffnete nun auch die Metallschiebetür.

„Nur gerade aus. Das Wohnzimmer kannst du nicht verfehlen. In fünf Schritten bist du drin." lachte Nie Wen.

Er schloss beide Türen und folgte Wah in den Raum.

Es tat Wah gut, Nie Wen nach all der Zeit wieder zu sehen. Als er ihn zum letzten Mal gesehen hatte, trug Nie Wen sein schwarzes Haar ziemlich kurz. Nun hatte er eine fast schulterlange Mähne, die er dunkelrot gefärbt hatte. In seiner Jeans und dem weißen T-Shirt sah Nie Wen noch größer und dünner aus als vor ein paar Jahren.

„Wie lange wohnst du schon hier?" fragte Wah und sah sich in dem kleinen Apartment um.

„Vier Jahre. - Setz' dich."

„Ach ja, hatte ich vergessen. Sorry."

„Kein Problem."

Wah setzte sich auf das Sofa.

„Also, für einen Junggesellen ist das richtig penibel hier. Hast du eine Freundin?"

„Bist du verrückt? Damit sie hier Unordnung macht?" rief Nie Wen entsetzt aus. „Außerdem kann ich gerade mal mich durchs Leben bringen. Da werde ich mir nicht noch jemanden aufhalsen."

„Wie geht's dir?" fragte Nie Wen kurz darauf.

„Rate mal... - Hast du Bier?"

Nie Wen ging in die kleine Küche und kam mit zwei Dosen zurück. Er setzte sich im Schneidersitz vor das Sofa auf den Teppich und sah Wah ruhig an. Beide tranken ihr Bier.

„Ich habe versagt, Nie Wen." sagte Wah plötzlich.

„Inwiefern?"

„Ich hätte Wong Wei Yan in dem Restaurant in London erkennen müssen. Ich hätte ihn erkennen müssen! Aber das habe ich nicht. Und weil ich es nicht tat, wurde Mui entführt!"

Wah stand hastig auf.

„Ich habe als Vater und als Polizist versagt!"

Er fuhr sich mit den Fingern wild durch das kurze Haar. Es war draußen. Was er die letzten Tage mit sich herumgetragen hatte, hatte er nun laut ausgesprochen. Nie Wen war der einzige Mensch, dem Wah so offen gegenübertreten konnte.

Nie Wen blieb ruhig sitzen. Nach einer kurzen Weile sagte er nachdenklich.

„Du bist auch nur ein Mensch, Wah! - Wong Wei Yan ist nicht mehr der Junge, der er noch vor ein paar Jahren war. Du bist ein hervorragender Polizist und ich habe noch nie einen so liebevollen Vater im Umgang mit seiner Tochter gesehen. Nach Ai Lings Tod musstest du ihr Vater und Mutter sein. Und ich finde, das hast du bewundernswert hinbekommen."

Nie Wen stand auf und ging auf Wah zu.

„Wah! Sieh mich an!"

Wah drehte sich vom Fenster weg und sah Nie Wen ins Gesicht.

„Du hast *nicht* versagt. Mach' dich nicht noch selbst fertig. Das versuchen schon die Entführer. Wenn du Mui helfen willst, musst du diese Gedanken bei Seite schieben."

Wah sah Nie Wen noch eine Weile an und überdachte die Worte. Nie Wen hatte Recht. Er musste auch für Mui stark sein. Es hatte gutgetan, seinem schlechten Gewissen freien Lauf zu lassen. Aber nun musste er sich wieder zusammenreißen. Für Mui!

„Wie läuft die Detektei?" fragte Wah, um das Thema zu wechseln. Er setzte sich wieder.

„Geht so. Hab' genug Aufträge, um zu überleben."

„Hast du schon was herausfinden können?"

„Nein. - Zumindest nicht viel. Es gibt eine Spur, die ich verfolge."

„Um was handelt es sich?"

„Es ist noch nicht konkret genug. Vertraue mir. Sobald ich mir sicher bin, werde ich dir und der Polizei Informationen zukommen lassen."

Wah gefiel die Antwort nicht. Doch er musste sie gelten lassen. Zu lange hatte er mit Nie Wen bei der Hong Kong Police Force gearbeitet. Nie Wen hatte immer zuerst sauber recherchiert, bevor er mit einer Information an Wah herangetreten war.

Nie Wen riss Wah aus seinen Gedanken.

„Es ist nicht mehr so leicht. Ein paar Informanten sind untergetaucht. Seit es in London zu diesen Unruhen zwischen den Syndikaten gekommen ist, gibt es auch hier verstärkt öffentliche Auseinandersetzungen."

„Der Dicke Liu hatte sich wirklich eine sehr gute Lebensversicherung aufgebaut. Kein Wunder, dass man ihn all die Jahre in Ruhe gelassen hatte."

„Einer hat ihn aber nicht in Ruhe gelassen."

„Wer auch immer das war, muss nun aber auch mit gehörigem Ärger rechnen."

„Glaubst du, dass er doch zu nah an einer Sache dran war?"

„Ich weiß es nicht. Aber die Triaden wussten, dass sie sich ins eigene Fleisch schneiden würden. Als wir uns das letzte Mal getroffen hatten, hatte er mir von den Plänen eines Syndikats erzählt, das sich wohl in England niederlassen wollte. Namen und Details konnte er mir damals nicht nennen. Nachdem, was ich nun weiß, passt das alles sehr gut auf die Yi Wong."

„Nur beweisen kann man es noch nicht. Ob es Absicht war?"

„Um das derzeitige Chaos in London absichtlich ausbrechen zu lassen? Damit sie sich die Geschäfte der anderen an sich reißen konnten, während die von der Polizei ausgehoben werden oder sich gegenseitig bekriegen?"

Wah sah Nie Wen zweifelnd an.

„Könnte doch sein?"

„Die Syndikate in England haben immer noch ihre Köpfe in Hongkong. Das würde hier also auch mächtigen Ärger geben."

„Zumindest ist es schon ganz schön unruhig geworden."

„Das gäbe mächtigen Druck auf Wong Wei Yan."

„Vielleicht treibt er ein doppeltes Spiel?"

„Das Risiko wäre zu groß. Kein vernünftiger Mensch würde das je wagen."

„Und wenn doch?"

Wah sah Nie Wen an. Das würde auch Hongkong ins Chaos stürzen. Das könnte sogar negative Auswirkungen auf die Weltwirtschaft haben.

„Triaden-Krieg?"

„Oder nur ein Ablenkungsmanöver mit wirtschaftlichem Nebeneffekt..."

Wah starrte vor sich auf den Boden. Wenn es geplant war, dann hatte er kaum noch Aussicht, Mui lebendig zurückzubekommen. Aber ob die Yi Wong so weit gehen würde? Oder waren sie es vielleicht doch nicht? Steckte da noch jemand hinter der Yi Wong? Wieso sollte sich ein relativ kleines Syndikat mit den Sun Yee On oder der 14K anlegen? Das wäre verrückt. Das käme einem Selbstmord gleich.

„Erinnerst du dich noch an die Verfolgungsjagd durch Wan Chai?" fragte Nie Wen unvermittelt.

Wah nickte.

„War ein riesiges durcheinander, als wir die Kerle endlich gestoppt hatten."

„Der Wagen hatte danach Totalschaden." sagte Wah und rollte die Augen nach oben.

Nie Wen grinste.

„Mensch, gab das Ärger."

„Hätten den Chief Inspector um Erlaubnis fragen sollen, bevor wir uns seinen Wagen borgten." bemerkte Wah trocken und nahm einen letzten Schluck aus der Dose.

Ein Lächeln breitete sich auf Wahs Gesicht aus. Dann sah er Nie Wen an, der ihn mit einem breiten Grinsen bedachte.

„War schon eine großartige Zeit."

„Ich wette, die Versicherung war heilfroh, als die Hong Kong Police Force uns los war."

Nach einer Weile stand Nie Wen auf und ging zu einer Kommode. Er nahm ein Mobiltelefon in die Hand und reichte es Wah.

„Hier ist ein Mobiltelefon mit Prepaid Card. Meine Nummer ist bereits gespeichert. Ruf an, sobald es was Neues gibt."

„Mach' ich."

Wah sah aus dem Wohnzimmerfenster. Das Novotel Century Harbourview stand fast parallel zu Nie Wens Gebäude.

„Ich habe das Zimmer 2206. Direkt an der Ecke. Ich werde die Gardinen offenlassen."

Wah stand auf.

„Wir sprechen uns morgen wieder."

„Ja. Mach's gut."

Nie Wen begleitete ihn bis zur Tür und wartete, bis sich die Fahrstuhltüren hinter Wah schlossen.

29. Juni 2005, 8:07 Uhr, Hongkong Island

Wah öffnete die Tür und griff nach der Zeitung, die in einem durchsichtigen Plastikbeutel, der am Türknauf befestigt war. Er rieb sein stacheliges Kinn und schlurfte zum Bett zurück. Er war müde. Es hatte eine Weile gedauert, bis er einschlafen konnte. Ihm brummte der Schädel und er hatte das Gefühl als wäre es noch mitten in der Nacht. Verflixter Jetlag. Er setzte sich auf das Bett und schlug die Zeitung auf. Ein Umschlag fiel heraus. Er hob ihn auf und wollte ihn achtlos auf das Polster der Fensterbank werfen, als er bemerkte, dass es sich nicht um Reklame handelte. Er schluckte, starrte auf den Umschlag und legte ihn auf den Schreibtisch. Er griff zum Telefonhörer und wählte eine Nummer. Keine fünf Minuten später klopfte es an der Zimmertür. Wah stand auf und sah durch den Spion. Draußen stand Officer Cheng. Er öffnete die Tür.

„Guten Morgen, Sir!"

„Guten Morgen. Der Umschlag liegt auf dem Schreibtisch. Er war in der Zeitung versteckt."

„Sie haben ihn ja schon geöffnet?!" rief Officer Cheng überrascht aus, als er den offenen Brief auf dem Schreibtisch liegen sah.

Wah sah ihn mürrisch an.

„Natürlich! Meine Tochter wurde entführt!

Etwas ruhiger fügte Wah hinzu, „ich habe ihn zwar mit der Hand aufgehoben und auf den Schreibtisch gelegt, aber geöffnet habe ich ihn lediglich mit Pinzetten. Vergessen Sie bitte nicht, dass ich ebenfalls Polizist bin, Officer."

Officer Cheng hatte mit Handschuhen den Plastikbeutel, in dem die Zeitung war, die Zeitung und das Schreiben in separate Beweismitteltüten der Polizei gesteckt, beschriftet und das Zimmer verlassen.

„Ich bringe das sofort zum Headquarter."

„Ich komme gleich nach."

„Officer Wong wird auf Sie warten und Sie zum Headquarter bringen, Sir."

„Danke."

„Auf Wiedersehen."

„Auf Wiedersehen."

Wah schloss die Tür. Er nahm das Mobiltelefon, das Nie Wen ihm gegeben hatte, und wählte.

„Hallo!"

„Hast du alles gesehen?"

„Ja. Wird der Zettel schon untersucht?"

„Ja. Wurde eben abgeholt."

„Okay, mach' dich fertig. Ich werde da sein."

„Man wird dich womöglich beschatten."

„Sehr wahrscheinlich sogar." lachte Nie Wen.

Er kannte das Prozedere der Polizei. Und er wusste, dass Wahs Kontakt zu ihm der Polizei ein Dorn im Auge war.

„Okay."

Wah ging ins Bad und nahm eine heiße Dusche.

Eine Stunde später war er im Crime Wing Regional Headquarter. Officer Wong schob ihn in einen

Besprechungsraum.

„Haben Sie etwas finden können?" fragte Wah.

„Nein. Außer Ihren Fingerabdrücken am Umschlag ist nichts zu finden. An der Plastiktüte waren lediglich Ihre Fingerabdrücke. Sie muss neu sein und der Mitarbeiter des Hotels trägt immer Handschuhe. Wie diese Nachricht in Ihre Zeitung kam, konnte er nicht sagen. Das kann praktisch auch jeder x-beliebige Hotelgast gewesen sein."

Wah sah auf den Boden. Die Entführer waren äußerst vorsichtig. Wahs Augen konnten sich kaum auf einen Punkt konzentrieren. Wie bei einem wilden Tier, das in Panik gerät, waren seine Augen ständig in Bewegung. Alles, nur kein Stillstand. Seine Nerven lagen blank. Er wusste nicht, wie es Mui ging. War sie noch am Leben?

„Wir müssen los."

Inspector Cheung hatte ihn aus seinen Gedanken gerissen.

„Bitte?"

„Wir müssen los. Sie sollen um zwölf Uhr beim Po Lin Kloster sein. Da die Entführer auf öffentliche Verkehrsmittel bestehen, können wir Sie leider nicht chauffieren."

„Ich weiß."

Wah verließ das Polizeirevier und ging zu Fuß zur MTR Station 'Sheung Wan'. Gefolgt von einigen Polizisten in Zivil.

In 'Central' stieg er in den nächsten Zug nach Tsuen Wan, den er bereits in 'Lai King' wieder verließ, um in den Zug nach 'Tung Chung' umzusteigen.

29. Juni 2005, 10:45 Uhr, Lantau Island, Hongkong

Die Schlange an der Bushaltestelle der Linie 23 war lang. Viele ältere Hongkonger warteten mit Wah. Bei den älteren Herrschaften handelte es sich vornehmlich um Frauen. Eine junge Frau schien ihre Großmutter zu begleiten. Ein paar zivil gekleidete Polizisten standen ebenfalls in der Schlange. Einige waren mit ihm angekommen. Sie trugen Kopfhörer und taten, als ob sie Musik hören würden. Tatsächlich konnten sie so den Funk abhören und somit untereinander in Kontakt bleiben.

Dann war da noch eine Gruppe junger Männer. Ein Mann, der bei der Gruppe stand, er mochte so um die vierzig Jahre alt sein, mit etwas längerem, braun gefärbten Haare, fuhr sich mit der rechten Hand durch die Haare. Wah bemerkte, dass das erste Glied seines Mittelfingers fehlte. ‚Ein Triaden Mitglied.' schoss es ihm sofort durch den Kopf. Er sah sich die jungen Männer genauer an. Die meisten hatten ebenfalls braun gefärbte Haare. Einige hatten Strähnchen oder nur das Deckhaar gefärbt. Sie schienen noch recht jung zu sein. Wah kam sich vor, als ob er in einer Gruppe von Triaden-Rekruten stand, die ebenfalls zum Po Lin Kloster fuhren, um dort an einer Einweihungsfeier teilzunehmen. Und der Mann mit dem abgetrennten Glied des Mittelfingers war ihr Großer Bruder. Ob einer von ihnen zu den Entführern gehörte?

Ein Blick auf die Polizisten, die Wah im Auge behalten sollten, zeigte ihm, dass sie genauso dachten. Ob das eine Polizei-Krankheit war, sofort solche Schlüsse zu ziehen? Dann war da noch ein Liebespärchen in unmittelbarer Nähe vor ihm. Der junge Mann war groß und hatte dunkelrot gefärbte Haare, die ihm fast bis auf die Schulter reichten. Es war Nie Wen. Er war komplett in schwarz gekleidet und trug eine moderne, ovale Sonnenbrille. Seine vermeintliche Freundin war mit einem bunten, luftigen Sommerkleid bekleidet und hatte eine kleine weiße Handtasche am Unterarm hängen. Sie hatte sich fest bei ihm eingehakt und redete ununterbrochen auf ihn ein. Wah kannte die junge Frau. Es war Mei, eine frühere Kollegin vom Narcotics Bureau. Wah sah auf den Boden. Wäre die Situation nicht so ernst, wäre er in lautes Gelächter ausgebrochen.

Endlich kam der Bus. Ein Strom Besucher stieg aus. Nun kam Bewegung in die Schlange. Wah hatte Glück, denn er bekam noch einen Platz in dem Bus. Auch einige der jungen Männer und der Mann mit dem verkürzten Mittelfinger stiegen ein. Andere hatten weniger Glück. Sie mussten wieder dreißig Minuten lang auf den nächsten Bus warten.

Im Bus lief die Klimaanlage auf Hochtouren. Er fuhr langsam die teilweise sehr enge Straße entlang. Berg auf, Berg ab. Bergauf fuhr er manchmal so langsam, dass man meinte, er würde bald rückwärts rollen. Ab und zu musste man entgegenkommenden Fahrzeugen ausweichen. Wah saß auf der linken Seite und sah aus dem Fenster. Nie Wen und Mei saßen ziemlich weit vorne. Dennoch konnte er Mei immer noch reden hören. Er grinste. Sie gab eine hervorragende Darstellung einer verwöhnten Hongkongerin. Die anderen Fahrgäste waren ruhig.

Als sie durch ein Dorf fuhren, musste der Bus einem frei herum trottenden Ochsen ausweichen. Das war normal. Wah hatte den Ochsen schon beinahe vergessen. Aber er erinnerte sich, dass dieser wohl schon immer da gewesen sein musste. Erinnerungen an eine glücklichere Zeit drängten sich ihm auf. Mit einem Mal wurde er ruhig. Es war, als würde er Ai Lings Hand auf seinem Arm spüren und hören, wie sie ihm zuflüsterte. ‚Mach' dir keine Sorgen, Liebling. Du wirst das schon schaffen. Du bist der beste Polizist auf der ganzen Welt. Du wirst es diesen Kerlen schon zeigen.' So hatte sie ihn immer ermutigt, wenn er sich bei einem Fall nicht mehr so sicher war. Eine Träne rann über seine Wange. Er wischte sich die nasse Spur aus seinem Gesicht und räusperte sich.

Plötzlich hielt der Bus an. Die jungen Männer und der vermeintliche Große Bruder stiegen aus. Hier war eine Baustelle. Es waren also Bauarbeiter.

Der Bus fuhr wieder los und einige Minuten später stand Wah auf dem Gelände des Po Lin Klosters.

29. Juni 2005, 11:55 Uhr, Lantau Island, Hongkong, Po Lin Kloster

Am Po Lin Kloster versammelten sich die unterschiedlichsten Menschen. Schulklassen, Touristen und Gläubige. Ein paar streunende Hunde liefen herum. Einige der Gläubigen verbeugten sich mehrmals vor dem dreiundzwanzig Meter hohen Bronzebuddha, der sich auf einem Altar ähnlichen Sockel befand, und weit ins Land schaute. Manche zollten ihm die höchste Ehrerbietung, indem sie sich verbeugten und dann flach auf den Boden legten. Dieses Ritual wurde mehrmals wiederholt.

Wah ging zur Kasse und kaufte sich ein Ticket, um zum Sitzenden Buddha zu gelangen.

„Für 60 Dollar können Sie noch ein Gratis-Mittagessen im Restaurant dazu bekommen."

„Nein, danke. Ein normales Ticket bitte."

Wah nahm das Ticket und begann, die Stufen emporzusteigen. Zweihundertsechzig Stufen bis zum Sitzenden Buddha. So erwarben sich Buddhisten in diesem Leben Verdienste für das nächste. Langsam stieg Wah die Treppen hinauf. Es war kurz vor zwölf Uhr. Er sah sich aufmerksam um. Beim Buddha angekommen, betrat er das Innere.

In dem Buddha befand sich eine hölzerne Treppe, die nach oben in das kleine Museum führte, welches alte Schriften und Zeichnungen aufbewahrte. Zwei Angestellte standen an einem kleinen Stehpult und kontrollierten die Tickets.

In der unteren Ebene des Buddhas, die Wah gerade betreten hatte, konnte man nach rechts und links gehen. Dort waren Namensplaketten an den Wänden befestigt. Teilweise wiesen diese Plaketten auch ein Bild auf. Davor standen Tische, auf denen Schalen mit Opfergaben und Blumen standen. Wah ging nach rechts. Er betrachtete die Namensplaketten. Als er an dem Tisch mit der vierten Opferschale voller Orangen ankam, drehte er sich kurz um. Nein, es achtete niemand auf ihn.

Er stellte sich dicht an den Tisch und hob mit der linken Hand die Schale ein wenig hoch, während er mit der rechten Hand nach einem Zettel darunter suchte. Er wurde fündig. Wah nahm den Zettel an sich und stellte die Schale wieder hin. Er war nervös. Wohin würde ihn nun diese Nachricht führen?

Er trat wieder aus dem Buddha hinaus und ging nach links, um ein wenig aus dem Trubel herauszukommen. Er lehnte sich gegen den Altar des Buddhas und entfaltete den Zettel.

'MDME. TUSSAUDS –
KLEINE SCHWARZE TASCHE BEI TERESA TANG'

Er steckte den Zettel in einen Plastikbeutel. Auch wenn er bezweifelte, dass man auf dem Papier andere Fingerabdrücke als die seinen finden würde, musste das Papier dennoch untersucht werden. Wah ging die Treppe hinunter. Er ging über den großen Platz zu einem Tisch, auf dem verschieden große Packungen mit Räucherstäbchen lagen. Wah nahm drei mittelgroße Räucherstäbchen aus einer Packung, entzündete sie an den bereitstehenden Feuern und ging zu einem mit Sand gefüllten

Behälter, in dem bereits sehr viele Räucherstäbchen steckten. Wah hielt die Räucherstäbe mit zusammengelegten Händen vor sein Gesicht. Er schloss die Augen, verbeugte sich drei Mal und steckte dann die Räucherstäbe mit der rechten Hand in den Sand, während er die linke Hand an seinen rechten Ellenbogen hielt. Er sah dem Glimmen der Stäbe noch eine kurze Weile zu und wandte sich dann ab.

Er ging zur Bushaltestelle zurück.

Mei wartete in der Nähe der Souvenirstände auf Nie Wens Rückkehr und beobachtete die Menschen, die über den Platz liefen. Sie sah auch, wie Wah an ihr vorbei ging, um Räucherstäbchen anzuzünden. Aufmerksam musterte sie alle Leute in Wahs Umgebung. Niemand schien ihm Beachtung zu schenken. Zumindest niemand, der nicht zur Polizei gehörte. Ein paar Kollegen von Inspector Cheungs Team kannte sie vom Sehen. Dann sah sie Nie Wen die große Treppe herunterkommen und ging auf ihn zu.

Inspector Cheung lief ebenfalls an den Souvenirständen vorbei. Immer wieder einen Blick zum Buddha werfend. Als er Wah die Treppe hinunterkommen sah, schlenderte Inspector Cheung zur Bushaltestelle. Ein paar Touristen stellten sich zwischen ihn und Wah. Doch als der Bus kam, konnte sich Wah auf den leeren Platz neben Inspector Cheung in der letzten Reihe setzen.

„Was stand drauf?" fragte Inspector Cheung leise.

„Mdme. Tussauds – kleine schwarze Tasche bei Teresa Tang."

„Wieso machen die sich solche Umstände?"

„Psychologische Kriegsführung." konterte Wah müde.

Inspector Cheung nickte. Er bedauerte Wah. Dann holte er sein Mobiltelefon heraus und schickte eine SMS an Mary, die im Büro saß und den Kontakt zum gesamten Team hielt. Man musste Vorkehrungen treffen.

Wah sah sich die Gegend an. Wenn die Bremsen des Busses versagen oder sie in einen Abgrund stürzen würden, hätte er es hinter sich. Dann würde ihn diese Angst um Mui nicht weiter quälen. Aber ihm war auch klar, dass das erst recht das Todesurteil für Mui wäre. Solange er am Leben war, konnte er sie eventuell noch retten. Er musste optimistisch bleiben. Im Moment wusste man noch nicht, wer etwas gegen ihn hatte und wo Mui war. Der Verdacht, dass die Yi Wong hinter all dem steckte, konnte noch nicht bestätigt werden. Doch sobald eine dieser Fragen geklärt war, konnte er aufatmen. Er wäre nicht länger zum Reagieren verdammt, sondern könnte endlich die Initiative ergreifen. Bis dahin musste er sich an die Regeln halten, die ihm jemand aufnötigte.

Wah nahm die Eintrittskarte und ging die Stufen hinunter.

„Wollen Sie ein Bild mit Jackie?" fragte ihn der Mitarbeiter.

„Nein, danke."

Wah ging an der Jackie Chan Wachsfigur vorbei. Hinter ihm hatte sich eine kleine Schlange gebildet.

Wah war schon lange nicht mehr hier gewesen. Bei Madame Tussauds konnte man seinen Stars nahe sein, zumindest denen, die dort als Wachsfigur standen. Man konnte sich neben die Persönlichkeiten aus Politik, Sport, Gesellschaft, Film und Musik stellen und fotografieren lassen. Es wurde viel gelacht und die Blitzlichter leuchteten immer wieder auf.

‚Wo ist die Figur von Teresa Tang?' fragte sich Wah. Ihm war nicht nach Lachen zumute. Er ging durch den ersten Raum. Queen Elizabeth II, Prince Charles oder Alfred Hitchcock galt nicht sein Interesse. ‚Wo ist Teresa Tang?' Etwas in ihm hetzte ihn. Es war Unruhe. Und die Hoffnung, bald wieder von Mui zu hören. Endlich. Da war sie: Teresa Tang.

Mit einem geflochtenen Zopf, der über ihrer Schulter lag, eine Hand in die Hüfte gestemmt und mit einem farbigen Qipao gekleidet, lächelte sie ihn an. Sie stand auf einer kleinen Bühne. Daneben befand sich ein Rondell auf dem vier ihrer Kostüme aufgestellt waren. Wah sah sich um. Er entdeckte eine kleine schwarze Damenhandtasche unter einem der Kleider. Ein paar Gäste liefen lachend an ihm vorbei. Wah wartete, bis er wieder allein war. Dann bückte er sich schnell und hob die Handtasche auf. Er öffnete den Verschluss der Tasche. Ein Mobiltelefon lag darin. Sonst nichts. Wah hielt den Atem an. Auf dem Display war ein Bild von Mui.

Mui sah müde und mitgenommen aus. Sie schien ihre Augen kaum offen halten zu können und es war nichts mehr von ihrer Lebensfreude zu erkennen. Wahs Augen weiteten sich vor Entsetzen. Tränen traten in seine Augen. Er holte tief Luft und umklammerte das Telefon.

Er legte den Kopf leicht in den Nacken und musste sich zwingen, nicht laut aufzuschreien. Ihr Anblick schmerzte ihn. Würde er Mui jemals wieder in die Arme nehmen können? Seine Wut über die Entführer half ihm jedoch, sich schnell wieder unter Kontrolle zu bekommen.

Wah ging schnellen Schrittes zum Ausgang. Zu seiner Linken tauchte eine große Bühne auf, auf der Leslie Cheung stand. In einem schwarzen Cheongsam gekleidet. Eine Hand hinter dem Rücken gelegt, die linke Hand in einer offenen Geste nach vorne gestreckt. Im Hintergrund wurde eines seiner Lieder gespielt. Einige Gäste fotografierten ihn. Sie wirkten bedrückt. Sein Freitod war immer noch für viele unbegreiflich.

Wah eilte weiter. Er musste versuchen, das Liebste, das er noch auf der Welt besaß, zu retten. Vorbei an der Wachsfigur von Andy Lau. Vorbei an Anita Mui. Wah rannte schon fast, als er den Ausgang erreichte.

Die schwüle Luft nahm ihn sofort wieder in Empfang, als er aus dem Peak Tower trat. Er ging ein wenig die Straße hinunter. Inspector Cheung kam auf ihn zu.

„Eine neue Nachricht?"

„Nein."

Wah hielt das Mobiltelefon hoch, so dass Inspector Cheung auch das Display mit dem Bild von Mui sehen konnte. Inspector Cheung schluckte.

„Haben Sie herausfinden können, wer die Handtasche mit dem Telefon dort hingelegt hat?"

„Leider nicht. Die Linsen der Überwachungskameras wurden mit Farbe besprüht und durch einen Zwischenfall wurde das nicht sofort erkannt."

Wah nickte langsam. Sie hatten es definitiv nicht mit Anfängern zu tun.

Plötzlich klingelte das Mobiltelefon.

„Hallo?"

„Wir wollen achtundfünfzig Kilogramm Kokain. - Weitere Informationen folgen."

Klick.

Wahs Hand zitterte.

„Was wollen sie?" fragte Inspector Cheung.

„Achtundfünfzig Kilogramm Kokain."

Inspector Cheung atmete laut ein und aus. Das war eine Menge Kokain. Ein wahres Vermögen.

Nun wussten sie wenigstens, was man im Tausch für Mui haben wollte. Und für Mui bestand somit noch etwas Hoffnung.

„Lassen Sie uns ins Büro gehen."

Inspector Cheung legte kurz seine Hand auf Wahs Schulter. Wah nickte. Seine Hand umklammerte das Mobiltelefon so fest, als ob sein eigenes Leben davon abhinge. Es war im Moment die einzige Verbindung zu Mui.

Sie gingen zu einem Taxi und fuhren zurück zum Polizeirevier.

Auf der Südterrasse, gegenüber des Peak Towers, waren viele Touristen. Sie liefen an dem Geländer entlang und fotografierten den atemberaubenden Blick hinunter in die Hochhausschluchten von Hongkong Island, die von Hochhäusern gesäumte Victoria Bay, bis hin zu Kowloon. Auch wenn es aufgrund der hohen Luftfeuchtigkeit ein wenig diesig war, so konnte man sogar die Berge der New Territories auf dem Festland sehen.

Unter den Touristen befanden sich auch ein paar Chinesen, die hier und dort in der Menge standen. Einer der Chinesen, der eine gute Sicht auf den Platz vor dem Peak Tower hatte, holte ein Mobiltelefon aus seiner Jackentasche heraus und wählte. Kurz darauf hörte er eine Stimme.

„Wie hat er es aufgenommen?"

„Er hat es geschluckt." antwortete der Mann.

„Polizei?"

„Ja."

„Dachte ich mir. - Gut, geh' zurück ins Apartment."

Der Mann steckte das Mobiltelefon in die Jackentasche zurück und verließ die Terrasse.

Ein anderer Chinese mit dunkelroten, schulterlangen Haaren hatte neben ihm gestanden. Er trug Kopfhörer und hatte den Peak Tower fotografiert. Als der Erstere sich wegdrehte und auf den Ausgang zuging, drehte Nie Wen sich um und fotografierte ihn. Anschließend schaltete Nie Wen das Abhörgerät aus, steckte die Kopfhörer an seinen MP3-Player und ging selbst auf den Ausgang zu, einer australischen Touristengruppe Platz machend.

30. Juni 2005, 8:48 Uhr, Hongkong Island, HKPF Crime Wing HK Island Regional Headquarters

Wah saß im Büro von Inspector Cheung und hatte ihm eine Liste mit den Liegenschaften der Yi Wong überreicht.

„Wo haben Sie die Liste her?" fragte Inspector Cheung.

„Von einem Informanten."

„Und Sie sind sicher, dass Ihr Informant Ihnen keinen Mist angedreht hat?"

„Ja."

Inspector Cheung wandte sich wieder den beiden Listen auf seinem Tisch zu. Die Liste, die sein Team zusammengestellt hatte, und die von Wah überreichte Liste waren größtenteils übereinstimmend. Die wenigen zusätzlichen Liegenschaften, die auf der Liste der Polizei nicht enthalten waren, waren bereits von Inspector Cheung markiert worden. Eine davon lag in der Nähe des Novotel Century Harbourview, in dem Wah nächtigte.

„Sie denken also wirklich, dass Wong so verrückt wäre, die Kleine dort zu verstecken?" fragte Wong.

„Es hätte einige Punkte an Sicherheit für die Entführer. Die werden sich auch denken können, dass wir uns eine Liste von den Liegenschaften besorgen. Und normalerweise würde man doch eher von der am weitest weg liegenden, schlecht erreichbaren Liegenschaft ausgehen."

„Aber die Entführer wissen auch in welchem Hotel Sie sind und somit auch, dass Sie ganz in der Nähe wohnen. Wieso sollte Wong Wei Yan so verrückt sein, Mui gerade dort zu verstecken?"

„Entweder, er hält es für einen zusätzlichen Nervenkitzel oder er geht einfach davon aus, dass wir gar nicht wissen, dass ihm dieses Apartment gehört. Und wägt sich deshalb in Sicherheit."

Cheung lehnte sich in seinen Stuhl zurück.

„Ich werde das nachher mit dem Team besprechen. – Haben Sie sonst noch was auf dem Herzen?"

„Woher haben Sie die Gehaltsliste der Yi Wong?" fragte Wah.

„Ah! Sie haben sie gefunden. – War es zu offensichtlich?"

„Es war nicht zu übersehen."

„Sie sind bezüglich Nie Wen so starrsinnig. Wir dachten, dass sie uns kein Wort glauben würden."

„Ich bin mir auch jetzt noch nicht sicher."

„Warum? Ist das noch nicht eindeutig genug?"

„Seit wann ist er drauf?"

„Das wissen wir nicht."

„Von wem haben Sie die Liste?"

„Von einem Informanten. Genau wie Sie." Inspector Cheung grinste Wah an.

„Aber vermutlich nicht vom Gleichen." bemerkte Wah trocken. Das Grinsen auf Inspector Cheungs Gesicht verschwand wieder.

„Warum glauben Sie uns immer noch nicht?"

„Wussten Sie, dass Nie Wen Wong Wei Yans Halbbruder ist?"

„Bitte?"

„Nie Wen ist der uneheliche Sohn von Wong Zhao Wen, Wong Wei Yans Vater."

„Seit wann wissen Sie das?"

„Seit ich gegen Wong Zhao Wen ermittelt habe. Zuerst war ich entsetzt. Ich ließ ihn überwachen, hatte einige Köder ausgelegt. Nichts passierte. Nie Wen ist auf keinen einzigen eingegangen. Er kannte Wong Zhao Wen nur als Chairman der Yi Wong. Sonst hatte er keinerlei Kontakt zu ihm."

„Wieso sind Sie sich dessen so sicher?"

„Wong Zhao Wen hatte einmal im Leben eine gute Entscheidung getroffen. Sein unehelicher Sohn sollte nicht mit der Yi Wong in Berührung kommen und er hatte Nie Wen sogar unsichtbar unterstützt, als dieser zur Polizei gehen wollte."

„Wieso das?"

„Er hatte Nie Wens Mutter übermäßig geliebt. Doch sie wollte nie etwas mit den Geschäften von Wong zu tun haben. Hielt den Sohn immer weg von Wong. Aber er hatte von außen gesteuert."

„Woher wissen Sie das alles?"

„Das erfuhr ich von Wong selbst. Als er bei der Schießerei getroffen wurde, ergaben sich seine Leute kurz darauf. Ich ging zu ihm. Er starb in meinen Armen. Ich musste ihm versprechen, dass Nie Wen es niemals erfahren wird. Yan hatte so ein Versprechen vermutlich nicht gegeben oder dachte, er muss sich nicht daranhalten."

„Weiß Nie Wen, dass Sie es wissen?"

„Ich glaube nicht. - Ich habe die Liste durch einen Hacker überprüfen lassen. Nie Wen hat nur ein einziges Konto. Der Betrag, der angeblich an Nie Wen geht, geht auf das Konto eines anderen Mannes. Die Liste wurde manipuliert."

„Vermutlich läuft das Konto nicht unter seinem richtigen Namen." gab Inspector Cheung zu bedenken.

Wah schüttelte den Kopf.

„Nein. Nicht unter einem anderen Namen und auch nicht in der Schweiz, nicht auf den Kanalinseln, nicht in der Karibik. Nirgendwo. Er hat nur ein einziges Konto und das strotzt keineswegs vor Reichtum. Der Betrag, der bei Ihnen auf der Gehaltsliste steht, geht an einen anderen Mann. Das habe ich schon überprüft."

Mit diesen Worten überreichte Wah dem Inspector einen Zettel, auf dem der Name der betreffenden Person stand.

„Warum machen Sie das?"

„Ich kann einfach nicht untätig in meinem Hotelzimmer sitzen und warten, Inspector. Das kann ich nicht! Ich will meine Tochter wieder haben!"

„Wir arbeiten daran, Wah. Wir arbeiten daran. Aber machen Sie nichts auf eigene Faust. Das kann Mui eher schaden als guttun."

„Haben Sie herausfinden können, wer die SMS mit der Zahl geschickt hat?" wechselte Wah das Thema.

„Wurde vom Internet aus verschickt. Der Rechner befindet sich im Pacific Coffee, Tsim Sha Tsui."

"Irgendwelche Informationen von den Über-wachungskameras?"

"Nein, der vermutliche Absender trug eine Baseballkappe und Sonnenbrille. Wir konnten feststellen, dass er aus der Richtung Western District kam, mehr aber auch nicht. Die ganze Zeit über war sein Gesicht nicht zu sehen."

„Die sind wirklich verdammt vorsichtig."

„Das kann man wohl sagen. Haben Sie inzwischen eine Idee, was die Zahl 72 bedeuten könnte?"

„Mir fällt nur der Jahrestag unseres Einsatzes gegen die Yi Wong ein. Der 2. Juli."

„Daran hatte ich auch schon gedacht. Das wäre in zwei Tagen... In etwas mehr als achtundvierzig Stunden."

„Nein," begann Wah nachdenklich. „in zweiundsiebzig Stunden."

Inspector Cheung sah ihn fragend an.

„Ich bekam die Nachricht gestern um 20 Uhr. Also wird Wong die Übergabe vermutlich am 2. Juli um 20 Uhr stattfinden lassen."

Inspector Cheung legte seinen Kopf schief.

„Wieso 20 Uhr?"

„Um 20 Uhr stellte der Arzt am 2. Juli 1998 den Tod von Wong Zhao Wen fest."

Wah wurde unruhig. Das war es, was er gebraucht hatte. Einen Anhaltspunkt. Jetzt kannte er wenigstens den Zeitpunkt. Darauf konnte er sich schon einmal einstellen. Das Warten würde bald ein Ende haben.

„Inspector, wir müssen Mui finden! Ich bezweifle, dass Wong sie mir übergeben wird. Er will sich an mir *rächen*. Das Kokain ist nur eine nette Beigabe. Um 20 Uhr hatte der Arzt den Tod von Wong Zhao Wen festgestellt. Und Yan plant vermutlich, dass das auch mein Todeszeitpunkt sein wird. Oder schlimmer noch, der von Mui."

Wah erschauerte bei dem Gedanken.

„Das werden wir verhindern, Wah. Lassen Sie uns erst einmal die Übergabe der Kostprobe heute Abend hinter uns bringen. Danach bespreche ich mit dem Team das weitere Vorgehen."

„Ich will bei der Besprechung dabei sein."

„Nein."

„Ich bin Polizist!"

„Nein."

„Es geht immerhin um meine Tochter!"

„Und genau deshalb werden Sie fernbleiben und uns unseren Job machen lassen! Sie machen schon genug nebenher."

Tung konnte eigensinnig sein, Cheung ebenso.

„Wah, seien Sie vernünftig. Sie könnten alles gefährden. Ich weiß, dass Sie ein hervorragender Polizist sind und einige Auszeichnungen erhalten haben. Aber Sie sind zu sehr emotional in diesen Fall verwickelt. Tun Sie bitte nichts Unüberlegtes. Ihrer Tochter zuliebe."

Wah presste die Lippen zusammen und stand auf, um zur Tür zu gehen. Er wusste, dass Cheung recht hatte. Aber er war auch Vater, wie Cheung treffend bemerkt hatte.

30. Juni 2005, 10:00 Uhr, Hongkong Island, Pok Fu Lam, Friedhof

Seit sieben Jahren war Wah nicht mehr hier gewesen. Zu groß war das Risiko, erkannt zu werden. Es war ruhig an diesem Ort. Trotz der Tatsache, dass oberhalb des Friedhofs die Pok Fu Lam Road entlanglief. Vögel zwitscherten. Ab und zu konnte man den Ruf eines Fischadlers hören. Kurz bevor Nie Wen ihn erreichte, drehte sich Wah zu ihm um.

„Hallo."

„Hallo."

Nie Wen stellte sich neben Wah und sah, dass Wah einen Bund weißer Lilien auf das Grab gelegt hatte. Ai Lings Lieblingsblumen.

„Danke, dass du den Schwiegereltern bei der Grabpflege hilfst."

„Keine Ursache. – Hast du sie schon gesprochen?" fragte Nie Wen.

„Nein. Seit der Beerdigung nicht mehr. Mein Schwiegervater will mich erst wieder sprechen, wenn ich ihren Tod gerächt habe."

„Sie vermissen Ai Ling sehr. Aber sie vermissen auch Mui und dich."

„Mui schreibt ihnen regelmäßig." Wah verstummte. Dann sagte er leise "Schrieb…".

„Sie wird es wieder tun, Wah."

Beide Männer schwiegen. Zu viele Fragen hingen in der Luft. Doch wer konnte sie alle beantworten. Wer kannte die Wahrheit? Wahrheit. Gab es die eine Wahrheit? Nein. Die *eine* Wahrheit gab es nicht. Doch wer kannte wenigstens *den* Bruchteil der Wahrheit, der Wah weitergeholfen hätte?

„Gibt es Neuigkeiten?" unterbrach Nie Wen die Stille. Wah schloss kurz seine Augen. Hatte Nie Wen ihn verraten? Hatte er Mui verraten?

„Die Polizei hat eine Liste mit allen Liegenschaften der Yi Wong."

„Fragt sich nur, ob da wirklich *alle* Liegenschaften der Yi Wong drauf sind."

„Die Liste ist von den Yi Wong selbst."

„Was?"

Wah lächelte.

„Wen hast du dafür umbringen müssen?" neckte Nie Wen ihn, um seine Überraschung zu überspielen.

Wah hatte bereits früher einen Informanten bei der Yi Wong gehabt. Bis heute hatte Nie Wen nicht herausfinden können, wer es war.

„Hast du etwas herausfinden können?" fragte Wah ihn.

„Nein. Keiner weiß was von einem entführten Mädchen. Beim Kloster war auch nichts Auffälliges passiert. Es war dir niemand gefolgt, dem ich mich an die Fersen hätte heften können. – Tut mir leid, dass ich keine große Hilfe bin."

Nie Wen war bedrückt. Er hätte Wah gerne von seiner Fährte erzählt, hielt es jedoch für klüger vorerst noch zu schweigen.

„Haben sich die Entführer denn wieder gemeldet?"

„Ja. Man hat mir bei Madame Tussauds ein

Mobiltelefon zugespielt."

Wah holte das Mobiltelefon aus der Hosentasche und zeigte Nie Wen das Bild von der erschöpften Mui, welches auf dem Display zu sehen war.

„Scheiße!"

„Sie wollen achtundfünfzig Kilogramm Kokain im Tausch für Mui."

„Macht die Polizei mit?"

„Was sonst. Wo sollte ich sonst in kurzer Zeit so viel Kokain beschaffen können?!"

„Wann soll es stattfinden?"

„Weiß ich noch nicht. Ich muss warten, bis sie sich wieder melden."

„Hast du dir die Liste mal angesehen?" fragte Nie Wen.

„Welche Liste?"

„Na, die mit den Liegenschaften."

„Ich hab' sie überflogen. Warum?"

„Habt ihr was gefunden, wo Mui versteckt sein könnte?"

„Mindestens drei Dutzend Plätze." antwortete Wah leise.

„Nichts, worauf die Polizei am meisten spekuliert?"

Wah schwieg. Er war erschöpft und ausgebrannt. Die Tatsache, dass er nicht mehr wusste, ob er seinem besten Freund weiterhin trauen durfte, zehrte ebenfalls an seinen Kräften. Auch wenn er sich sicher war, dass die *Beweise* gegen Nie Wen gefälscht waren. Dennoch wurde er immer vorsichtiger Nie

Wen gegenüber. Dies beschämte ihn einerseits, andererseits machte es ihn wütend. Zu viele Fragen waren offen. Außerdem machte er sich Sorgen um Mui. Seine Tochter hatte niemandem etwas getan und musste büßen, nur weil sie seine Tochter war.

Nie Wen schien seine Gedanken erraten zu haben, denn er fragte ihn geradeheraus.

„Seit wann weißt du es?"

„Was?"

Wah wandte sich nun ganz Nie Wen zu.

„Das Wong Zhao Wen mein Vater war?"

„Seit meinen Ermittlungen gegen ihn."

„Und warum hast du mich weiter mitmachen lassen?"

„Keiner sonst wusste es. Nicht einmal du. Du hattest keinerlei Kontakte zu ihm oder den Yi Wong."

„Woher..."

„Ich hatte dich beschatten lassen."

Wah lächelte matt.

Nie Wen schnaubte kurz. So was hatte er sich gedacht.

„Du bist Yans Halbbruder. Warum hast du die Entführung nicht verhindert?"

Wah sah Nie Wen vorwurfsvoll an.

„Ich glaube nicht, dass er es weiß."

„Was? Dass er dein Halbbruder ist? - Halte mich nicht für dumm. Du arbeitest für die Yi Wong."

„Ich bin ein Botenjunge. Er hat mich ab und zu mal eingesetzt. Aber ich bezweifle, dass er weiß, wer ich bin."

„Warum hast du die Entführung nicht verhindert?"

„Es wurde nicht im Yi Wong Bulletin öffentlich bekannt gegeben, dass die Tochter von Tung Ming Wah entführt werden sollte." bemerkte Nie Wen schnippisch.

„Wer bist du?" fragt Wah, bebend vor Wut.

„Ich bin immer noch derselbe."

„Nein. Das schon lange nicht mehr."

„Warum vertraust du mir dann immer noch?"

„Tue ich das?"

„Würdest du sonst mit mir reden?"

„Auf die Entfernung konnte ich nicht feststellen, wie sehr du dich verändert hattest. Vom Polizisten zum Gangster!" sagte Wah abfällig.

„Es gibt weitaus mehr Dinge im Leben als du dir vorstellen kannst." bemerkte Nie Wen trocken.

„Bist du wirklich ein Privatdetektiv? Oder ist das auch eine Lüge?"

„Hoho!!!! Jetzt reicht es, Wah! Ich bin kein Lügner. Und ja, ich bin Privatdetektiv. Auch wenn ich ab und zu von der Yi Wong eingesetzt werde."

„Ab und zu eingesetzt nennst du das also."

„Ja, ab und zu eingesetzt. - Ich habe nicht die Seiten gewechselt, Wah! Im Gegenteil. Die Yi Wong ist es, die die Seiten gewechselt hat."

Am liebsten hätte Nie Wen seinem Freund einen Kinnhaken verpasst. Doch was hätte es geholfen. Gar nichts. Wah wusste nur den kleinsten Bruchteil von dem, was Nie Wen wirklich tat. Und er konnte ihn an dem anderen Teil nicht teilhaben lassen. Es war zu gefährlich. Für ihn und für Wah, wie auch für die kleine Mui. Also versuchte Nie Wen, die Wogen wieder ein wenig zu glätten.

„Ich wusste nichts von einer Entführung!"

„Weißt du, wo sie ist?"

„Nein, sonst hättest du sie schon längst wieder."

„Er vertraut dir nicht?"

„Ich habe dir schon gesagt, dass er es vermutlich nicht weiß. Ich bin nur ein kleines Licht. In einer der untersten Ebenen."

„Machst du mit?"

Nie Wen rollte mit den Augen. Im Moment war nicht vernünftig mit Wah zu reden.

„Nein. Ich bin keiner der Entführer."

Wah sah auf seine Uhr.

„Bist du verabredet?"

Wah nickte.

„Ich sage dir Bescheid, wenn ich etwas herausfinde, Wah! Du musst mir einfach vertrauen. Wenn du mir noch vertrauen kannst. Vielleicht kann ich doch noch helfen."

„Wir werden sehen."

Ihre Wege trennten sich. Die Freundschaft von einst gab es nicht mehr. Sie hatte einen Riss.

30. Juni 2005, 13:05 Uhr, Hongkong Island, Wan Chai, Wan Chai Road

Eine Kellnerin kam auf Yan zu. „Guten Tag." sagte sie und verbeugte sich leicht vor ihm.

„Guten Tag" erwiderte Yan. „Ich bin mit Dai Lou Chan verabredet."

Die Haltung der jungen Frau versteifte sich ein wenig.

„Wen darf ich melden?"

„Wong Wei Yan."

„Einen Moment bitte."

Die Kellnerin ging durch das Restaurant. Yan sah sich in dem Raum um. Die großen runden Tische waren fast alle voll belegt. Das Stimmengewirr wurde hier und dort mit Lachen vermischt. Die Kellnerin erschien wieder in seinem Blickfeld und ging auf ihn zu.

„Mr. Wong, Dai Lou Chan erwartet Sie. – Kommen Sie bitte."

Yan nickte kurz mit dem Kopf und folgte ihr durch den Saal. Die Kellnerin öffnete eine Tür am hinteren Ende des Saales und Yan trat hindurch. Die Kellnerin schloss die Tür hinter ihm.

Yan befand sich in einem engen Flur. Ein hoch gewachsener Chinese in einem schwarzen Anzug ging auf ihn zu. Ein zweiter, sehr kräftige folgte ihm.

„Mr. Wong?"

„Ja."

„Wir müssen Sie durchsuchen. Bitte haben Sie Verständnis."

Der Anzugträger holte einen Metalldetektor hervor, wie sie unter anderem an Flughäfen benutzt wurden. Yan musste seine Arme ausstrecken. Die Hand des Mannes folgte den Metalldetektoren, so dass er auch fühlen konnte, dass der Besuch dem Boss in keiner Weise gefährlich werden konnte. Nachdem er außer einem Füllfederhalter und einer Brieftasche mit Ausweisen und Kreditkarten nichts gefunden hatte, drehte er sich zu dem kräftigen gebauten Mann um.

„Ist in Ordnung." sagte er.

Er trat zur Seite und ließ Yan vorbei gehen. Yan befand sich nun zwischen den beiden und folgte ihm. Mr. Chan war sehr vorsichtig.

Sie stiegen die gefliesten Treppen zum zweiten Stockwerk hinauf. Dort angekommen wurde eine Tür geöffnet, so dass sie einen großen Raum betreten konnten.

Der Raum hatte kleine Fenster zum Hof hin. Er war sehr einfach gestaltet. Hier wurde eindeutig gearbeitet. In einer Ecke rechts von Yan war ein kleines Labor aufgebaut. Dort wurden wohl Drogen auf ihre Qualität hin getestet. Links von ihm befand sich ein großer runder Tisch auf dessen Mitte sich eine große Teekanne stand. Ein älterer Herr im grauen Anzug saß in der Mitte, rechts und links von ihm saßen insgesamt fünf Mitarbeiter. Vor dem älteren Herrn stand eine Teetasse. Eine zweite Teetasse befand sich auf einem unbesetzten Platz direkt gegenüber. Die zwei Chinesen, die Yan hergebracht hatten, nahmen auf den Stühlen neben der Tür Platz.

Yan prägte sich alle Einzelheiten in Sekundenschnelle ein. Inzwischen stand der ältere Herr auf. Er war etwas beleibt und hatte sehr kurz geschnittene Haare. Yan schätzte ihn auf Anfang fünfzig. Er hatte ihn ab und zu bei Treffen gesehen, bei denen sein Vater ihn mitgenommen hatte. Was allerdings selten vor kam. Doch er hatte nie näher mit Mr. Chan zu tun gehabt.

Mit einem breiten Lächeln und ausgestreckten Armen ging Mr. Chan auf Yan zu.

„Wong Wei Yan!" rief er erfreut aus.

Seine Stimme war rau und klang ein wenig schrill.

„Wie schön, Sie endlich in meinem bescheidenen Büro begrüßen zu können."

„Danke sehr, Dai Lou Chan."

Mr. Chan bat Yan sich zu setzen und führte ihn zu dem Platz vor der zweiten Teetasse.

„Ich muss meine Vorsicht entschuldigen. Aber im Moment ist es sehr unruhig in der Branche geworden und ich möchte kein Risiko eingehen."

„Verständlich."

„Möchten Sie einen Tee?"

Dies war eher eine rhetorische Frage, denn er deutete einem Mitarbeiter an, Yan Tee einzuschenken.

„Vielen Dank."

Mr. Chan ging auf seinen Platz zurück.

„Ich habe viel von Ihnen gehört." begann Mr. Chan und sah Yan herausfordernd an.

Die Atmosphäre in dem Raum kam Yan fast

surreal vor. Oberflächlich betrachtet hätte man denken können, es wäre ein Treffen mit einem väterlichen Freund. Aber Yan wusste, wie mächtig und gefährlich Mr. Chan war. Er war Vertrauter eines der größten Drachenköpfe Hongkongs. Yan musste sehr vorsichtig sein. Zu viel hatte er schon über den bereits legendären Dai Lou Chan gehört.

„Sie waren im Urlaub, habe ich gehört."

Chan lächelte Yan an. Es war ein wissendes Lächeln. Ein kaltes Lächeln.

„Ja, ich habe meinen Freund in London besucht."

Yan sah Dai Lou Chan direkt in die Augen. Mr. Chan nickte leicht und nahm einen Schluck Tee.

„Ich war schon lange nicht mehr in London." begann Mr. Chan. „Früher war Chinatown schön. Aber heutzutage scheint es vor dem Ausverkauf zu stehen."

„Allein in der Zeit von meinem Studium bis jetzt hat es sich stark verändert. Und doch kann man noch den einstigen Glanz und die Geschäftigkeit von damals erahnen."

Mr. Chan schien mit der Aussage zufrieden zu sein. Aber das war nicht, warum er Yan hatte kommen lassen.

„Im Moment ist es dort auch wieder sehr geschäftig. – Leider nicht so, wie wir uns das wünschen würden."

Yan nahm den unterkühlten Tonfall sofort wahr.

„Die Nachrichten sind voller Berichte über die vielen Razzien und Festnahmen."

Yan wagte damit den Schritt nach vorne. Er durfte

sich nicht unwissend stellen. Das würde man ihm niemals abkaufen, es würde höchstens den Verdacht gegen ihn erhöhen. Hoffentlich brachte er Mr. Chan damit nicht gegen sich auf. Mr. Chans Augenbrauen zogen sich zusammen. Yan hatte den Ball aufgefangen, den man ihm zugeworfen hatte.

„Wissen Sie genaueres?" fragte Mr. Chan.

„Nein. Nur das, was in den Nachrichten berichtet wird."

„Man erzählt sich, Sie hätten den Toten an dem Tag gesehen – lebend."

„Erst als ein Bild in den Nachrichten kam, wusste ich, wer es war. Er war im Restaurant weder zu übersehen noch zu überhören. Mein Tisch befand sich auf der gegenüberliegenden Seite."

Mr. Chan nahm einen Schluck Tee, um seinen aufsteigenden Zorn herunterzuspülen.

„Zurzeit haben viele Mitglieder unserer Familien Probleme mit der Polizei. Einige konnten gerade noch so nach Hause kommen."

Mr. Chan machte eine kurze Pause, bevor er weitersprach.

„Das ist nicht gut für das Geschäft. Wir werden in unserer Arbeit gestört. Wenn wir nicht aufpassen, werden sich andere Syndikate um unsere Geschäfte in London kümmern. Aber was belaste ich Sie mit meinem Kummer. – Sie haben ja nur Ihren Freund in London besucht."

Jetzt nahm auch Yan einen Schluck Tee. Sein Hals war wie ausgetrocknet. Er wusste, dass es eine Drohung war. Aber er wusste nicht, wieso Dai Lou

Chan mit ihm darüber sprach. Oder besser gesagt: Ihn gar zu verdächtigen schien.

„Wenn ich Ihnen von Nutzen sein kann..." bot Yan an.

„Ich bin sicher, dass wir die Verursacher dieser Unruhen finden werden. Doch ich danke Ihnen für das Angebot. - Es ist immer gut, jemanden zu haben, der Menschen unbemerkt nach Hongkong bringen kann."

Yan runzelte für den Bruchteil einer Sekunde die Stirn. Doch dann lächelte er, hob seine Tasse und prostete Mr. Chan über den Tisch hinweg zu.

Mr. Chan hatte die kurze Regung und den Blick Yans gesehen. Sein Verdacht hatte sich bestätigt.

Nie Wen war Yan bis zum Restaurant von Mr. Chan gefolgt. Er setzte sich an einen Tisch der kleinen Garküche, die gegenüber dem Restaurant war, und wartete. Ein Ausländer trat ein. Er war viel zu gut gekleidet, um in einer Garküche zu essen. Der Mann bestellte sein Essen in perfektem Kantonesisch. Als er sich umdrehte, um zu einem leeren Tisch zu gehen, bemerkte der Ausländer Nie Wen und stutzte für einen kurzen Augenblick. Dann ging er weiter und setzte sich an einen Tisch hinter Nie Wen.

Nie Wen nahm einen Schluck von seinem Milchtee. Das war der gleiche Ausländer, wie in dem Municipal Centre vor ein paar Tagen. Und auch der Ausländer schien aus dem gleichen Grund wie Nie Wen in der Garküche zu sein.

Um das gegenüberliegende Gebäude zu beobachten. Das Gebäude, in dem sich Wong Wei Yan zurzeit aufhielt.

30. Juni 2005, 14:55 Uhr, Hongkong Island, Queens Road West

Wah schloss leise die Tür. Er trug Handschuhe, damit er keine Fingerabdrücke hinterließ. Stets auf der Hut vor Überraschungen, überprüfte er das Schlafzimmer, die Küche und das kleine Bad. Nie Wen war nicht da. Wah entspannte sich ein wenig. Er nahm ein Glas von der Spüle und stellte es auf die Klinke der Wohnungstür. Sollte jemand hereinkommen, würde ihn das Zerbrechen des Glases wenigstens warnen.

Im Schlafzimmer hatte Wah gesehen, dass ein paar Kleidungstücke auf dem Boden lagen. Der Schrank und die Kommode waren geleert worden. Nie Wen war also in Eile gewesen. Denn normalerweise war es immer äußerst ordentlich bei ihm. War er auf der Flucht? Wenn ja, vor wem?

Wah öffnete die Schranktüren im Wohnzimmer. Ordner. Sauber beschriftet: Aufträge. Für jedes Jahr ein Ordner. Wah blätterte ein paar Ordner durch. Meist handelte es sich um entlaufene Tiere, ab und zu auch um verlorene oder gestohlene Gegenstände. Dann kam ein Karteikasten, in dem Namen und Adressen von Klienten enthalten waren. Dann wieder Ordner. Dieses Mal mit Kontoauszügen. Wah holte die Ordner hervor. Die gleichen Zahlen, die er bereits gesehen hatte.

Als Wah einen weiteren Ordner aus dem Schrank zog, fiel die Blaupause eines Gebäudes auf den Boden des Schranks. Sie hatte hinter den Ordnern gestanden. Wah nahm die Blaupause auf. Er suchte die Adresse und riss die Augen auf, als er sie fand. Es handelte sich um das Gebäude, in dem man Mui vermutete. Wah stockte der Atem. War Nie Wen doch an der Entführung beteiligt?

In Wahs Kopf begann sich alles zu drehen. Ihm wurde schlecht vor Wut, als plötzlich das Mobiltelefon, welches Nie Wen ihm gegeben hatte, klingelte.

„Hallo."

„Verschwinde aus meiner Wohnung!" rief Nie Wen aufgeregt ins Telefon.

„Was hast du mit der Entführung zu tun?"

„Verschwinde aus meiner Wohnung!"

„Wo ist Mui?" brüllte Wah.

„Verschwinde aus der Wohnung oder du wirst mit den Antworten nichts mehr anfangen können! Raus! *Sofort!*"

Nie Wen legte auf. Er stand mit dem Fernglas am Fenster und beobachtete Wah. Dieser hatte die Warnung zum Glück ernst genommen und rannte aus Nie Wens Blickfeld. Nie Wen war nervös. Hoffentlich würde Wah es noch rechtzeitig schaffen.

Als Wah die Wohnung verließ, hörte er schon, wie jemand laut die Treppen herauf rannte. Die Aufzüge waren in Bewegung. Wah versuchte so leise wie möglich zur Treppe zu rennen. Am ersten Treppenabsatz zog er schnell seine Schuhe aus und rannte dann auf Socken die Treppen hinauf. Unter ihm hörte er, wie einige Stimmen schrien, dann krachte etwas. Wah rannte weiter nach oben. Endlich hatte er das Dach erreicht. Völlig außer Atem zog Wah seine Schuhe wieder an und sah sich um.

Mehrere Terrassen waren auf verschiedenen Höhen durch Feuerleitern miteinander verbunden. Alle waren von hohen Metallgittern umgeben. Dann entdeckte Wah die Regenrinne, die größtenteils neben den hervorragenden Fenstern der Wohnungen entlang lief. Das war seine einzige Chance. Fahrstuhl oder Treppe waren zu gefährlich für ihn.

Wah begab sich zu der kleinen Terrasse, die neben der Regenrinne abschloss. Die Querstange der Gitter war mit einem weiteren Rand verbunden. In circa einem Meter Abstand. Aber dessen Rand war mit der Regenrinne verbunden. Wah überlegte noch mal, ob er dann nicht entdeckt werden könnte, vor wem auch immer Nie Wen ihn gewarnt hatte. Nein, die Fenstervorsprünge würden ihn verdecken. Es gab also nichts zu befürchten. Zumindest nicht in dieser Hinsicht.

Wah zog sich an den Stäben der Gitter hoch, bis er die abgrenzende Querstange erreichte. Er drückte sich mit den Armen vorsichtig hoch, stellte seine Füße auf die Querstange. Ganz langsam. Er durfte sein Gleichgewicht unter keinen Umständen verlieren. Er sah kurz nach unten. Weit über zwanzig Stockwerke ging es in die Tiefe.

‚Aber man soll ja auch nicht nach unten sehen, sondern immer nur nach oben.' dachte Wah, um sich Mut zu machen. Vor ihm war die Eisenstange, die den äußeren Rand bildete. Auf gleicher Höhe mit seinen Füßen. Wah zählte bis drei und griff mit beiden Händen nach der Stange. Eine Sekunde später hing er hoch über dem Abgrund und hangelte sich langsam zur Regenrinne. Seine Füße bekamen Kontakt mit der Regenrinne. Dann konnte er auch mit den Händen danach greifen. Er drückte seine Stirn an das kühle Metall.

Er musste verrückt sein. Aber ein Zurück gab es jetzt nicht mehr. Nur noch ein ,nach unten'. Und wie dieses ,nach unten' verlief, hing nun ganz allein von seiner Konzentration, seinem Willen und seinen Muskeln ab. Langsam, ganz langsam, ließ er sich nach unten gleiten. Sobald er mit den Füßen eines der hervorstehenden Fenster erreichen konnte, ruhte er sich kurz aus, entspannte seine Hände. Die Handschuhe trug er immer noch und er war froh darüber.

„Dieser verrückte Kerl." sagte Nie Wen fast tonlos, als er Wah auf dem Dach des Gebäudes entdeckte. Teilweise entsetzt, teilweise bewundernd beobachtete Nie Wen, wie Wah sich an der Regenrinne langsam nach unten ließ. Ab und zu wandte sich Nie Wen wieder seiner Wohnung zu. Die Männer waren immer noch zugange. Nie Wen bekam eine Gänsehaut. Froh, dass ihn sein Instinkt nicht betrogen hatte. Er sah wieder zu Wah hinüber, der schon die obere Hälfte des Gebäudes passiert hatte. Da bemerkte Nie Wen die Männer auf dem Dach. Sie suchten die Terrassen ab. Aber keiner kam auf die Idee, nach unten zu sehen. Zu Wahs Glück.

Zehn Minuten später, die Wah wie eine Ewigkeit vorkamen, konnte er die Regenrinne loslassen und fiel etwa zwei Meter tief auf den Boden eines Zwischendaches, das von den Bewohnern genutzt werden konnte. Erleichtert, aber körperlich erschöpft lehnte er sich gegen die Mauer. Seine Muskeln schmerzten, er war verschwitzt, seine Lunge brannte, als ob er einen Marathon gelaufen wäre, und seine Knie zitterten.

Erst nach einiger Zeit ging es ihm wieder so weit gut, dass er weg gehen konnte. Er ging zum Treppenhaus. Leise machte er die Tür auf. Es herrschte Stille. Er rannte die Treppe des letzten Stockwerkes hinunter, bemüht, nicht zu laut zu sein. Unten angekommen, öffnete er vorsichtig die Tür. Passanten und ein paar wenige Touristen gingen gemächlich an ihm vorbei. Wah zog seine Handschuhe aus, klopfte seine Jeans etwas ab und trat in aufrechter Haltung auf die Straße. Er verschmolz sogleich mit der Masse.

Nie Wen hatte an der Straßenecke auf das Erscheinen von Wah gewartet und folgte ihm. Nun galt es zu handeln, bevor die Situation gänzlich außer Kontrolle geriet.

30. Juni 2005, 15:28 Uhr, Hongkong Island, HKPF Crime Wing HK Island Regional Headquarters

Mary betrat das Büro von Inspector Cheung.

„Tung wurde vorhin von Chow angerufen."

„Und?"

„Tung war in Chows Wohnung und Chow war im Novotel."

„Ist nicht dein Ernst."

„Doch, Sir. Chow hatte sich sogar mit seinem richtigen Namen einquartiert."

Cheung lehnte sich zurück. Was für eine verkehrte Welt war das eigentlich, in der er sich zurzeit befand?

„Es kommt noch besser." begann Mary vorsichtig.

Cheung rieb sich die Augen. Er konnte es kaum erwarten, diesen Fall abzuschließen.

„Schieß' los." sagte er genervt.

„Chow muss Tung beobachtet und gewarnt haben, dass da vermutlich ein paar Schläger auf dem Weg zum Apartment waren."

„Chow beobachtete seine eigene Wohnung?"

„Scheint so."

„Weiter."

„Tung war so schlau und nahm diese Warnung ernst. Er wurde gesehen, als er auf dem Dach erschien, über die Absperrung der Terrasse kletterte und sich dann an der Regenrinne hinunterließ."

Inspector Cheung fing an zu lachen.

„Hier geht's zu wie in einem Actionfilm." Er hob entschuldigend die Hand. „Weiter."

„Äh, ja, so ungefähr muss das wohl gewesen sein. Zumindest rief jemand bei der Polizei an, dass ein Mann bei dem Gebäude an der Regenrinne herunter klettern würde."

„Wo sind die beiden jetzt?"

„Das wissen wir nicht. Chow scheint sein Mobiltelefon beim Verlassen des Hotels ausgeschaltet zu haben. Und laut unserem Peilsender, befindet sich Tung in seinem Hotelzimmer. Da ist er aber nicht."

„Was ist mit dem Telefon der Entführer? Das wird er wohl kaum ausgeschaltet haben."

Mary räusperte sich. „Doch."

„Verdammt." Cheung lehnte sich zurück. Das konnte doch nicht wahr sein. Tung war nicht dumm. Er wusste, dass er für die Entführer erreichbar bleiben musste…

„Mary, frag' bei dem Provider nach, ob eine Weiterleitung eingerichtet wurde. Und dann prüft über die neue Nummer nach, wo er ist. Er *muss* für die Entführer erreichbar sein!"

„Wird sofort erledigt, Sir."

„Schickt jemanden zu dem Apartment von Chow. Ich will wissen, was da vorgefallen ist."

„Jawohl, Sir."

Als Mary das Büro verlassen hatte, setzte sich Inspector Cheung gerade auf und rieb sich mit den Handflächen feste über das Gesicht. Zuerst hatte er befürchtet, dass bei Tung eine Sicherung durchgebrannt war. Aber diesen Informationen zur Folge schien er noch klar denken zu können. Naja, wie man eben klardenkend an einer Regenrinne nach unten klettern konnte. Tung schien einen Plan zu verfolgen. Aber welchen? Und warum sollten Schläger auf Chow angesetzt werden? Gehörte er doch nicht zu den Entführern? Aber warum sollte Wong Wei Yan ihn aus dem Weg räumen wollen? Und wo zum Teufel befand sich Tung im Moment?

„Dich kriegen wir, Freundchen." sagte Cheung leise zu sich.

30. Juni 2005, 15:35 Uhr, Hongkong Island

Inspector Choi und seine Assistentin, Chan Mei Ling, betraten das Hochhaus und fuhren mit dem Aufzug in den achten Stock. Die Kollegen von der Spurensicherung waren bereits vor Ort und machten Aufnahmen. Choi und Mei Ling konnten bereits beim Betreten der Wohnung sehen, dass ein Kampf stattgefunden hatte. Ebenso lag der eisenartige Geruch von Blut in der Luft. durch die hohe Luftfeuchtigkeit in Hongkong wurde der Geruch nur noch verstärkt. Im Wohnzimmer sahen sie sogleich auch die Leiche.

Seine Hände, Füße und der Kopf waren abgetrennt und neben seinen Körper gelegt worden. Choi sah sich erst einmal um.

„14K?" meinte Mei Ling und legte den Kopf zur Seite.

„Vielleicht."

„Ich wüsste gerne, was er verraten hat." überlegte Mei Ling laut.

Choi sah sie kurz mit gehobenen Augenbrauen an, schüttelte kurz den Kopf und begab sich dann zur Leiche, um sich ein erstes Bild von ihr zu machen.

„Nett." bemerkte der Gerichtsmediziner trocken, als er das Wohnzimmer hinter den beiden betrat und die Leiche entdeckte.

Choi drehte sich um.

„Hallo Doktor."

„Was hat der Kerl bloß verbrochen?" fragte der Doktor.

„Da können Sie sich mit Mei Ling zusammenschließen. Sie wüsste auch gerne, was er für Informationen weitergegeben hat." konterte Choi.

„Wollen Sie das nicht wissen?"

„Ich will nur wissen, *wer* das getan hat und denjenigen hinter Gitter bringen."

Der Doktor wandte sich an Mei Ling.

„Er ist schon zu lange dabei."

Mei Ling grinste und zuckte kurz mit den Schultern. Choi wandte sich an einen Police Officer.

„Haben Sie schon etwas in Erfahrung bringen können?"

„Der Ermordete war unter dem Namen Johnny Lee bekannt. Mehr konnten wir in der kurzen Zeit leider noch nicht über ihn in Erfahrung bringen. Der Nachbar gegenüber hat etwas von einem Mann gesagt, der gestern Abend da war. Da gab es wohl eine Schlägerei. Mein Kollege nimmt gerade die Aussage auf."

„In Ordnung." bestätigte Inspector Choi langsam. Irgendwie hatte er das Gefühl, dass dieser Fall komplizierter war. Er konnte sich nur noch keinen Reim darauf machen, in welcher Weise das sein würde, würde sein Verdacht bestätigt.

„Nun, ich bekomme ja Ihren Bericht." wandte er sich wieder an den Police Officer.

„Natürlich."

Nachdem Choi sich genau umgesehen hatte, ging er zu Mei Ling, die im Wohnzimmer stand und sich viele Notizen gemacht und auch kleinere Skizzen angefertigt hatte. Er sah ihr über die Schulter.

„Haben Sie sich alles angesehen?"

„Ich habe ein paar Dinge kurz skizziert und aufgeschrieben, wo alles genau liegt und wie man was vorgefunden hat."

„Das machen die Kollegen vom Identification Bureau schon."

„Ich will es aber auch haben."

„Was glauben Sie, was hier passiert ist?" fragte er sie.

„Tod eines Verräters."

„Das ist offensichtlich."

„Ist noch nicht lange her. Nur wenige Stunden."

„Ach, Gerichtsmedizin haben Sie auch studiert?"

Mei Ling überging diese Bemerkung.

„Außerdem waren es zwei Kämpfe."

„Hm."

„Als er von dem Chop-Team überrascht wurde, hatte man ihn von der Haustür ins Wohnzimmer geschleift. Dabei hatte er einen der Flip-Flops verloren."

„Sie haben das Flip-Flop bemerkt?"

Choi grinste.

„Dann wurde er im Wohnzimmer auf den Boden gedrückt. Man hat ihn geknebelt und ihm Klebeband über den Mund geklebt, damit er nicht schreien konnte. Dann wurden ihm die Hände und Füße abgetrennt. Das Klebeband hat man erst später abgezogen, als der Kopf bereits abgetrennt war."

„Wie kommen Sie darauf?"

„Nach dem Eintritt des Todes erschlafft erst einmal die gesamte Muskulatur. Wenn man ihm vorher das Klebeband weggenommen hätte, hätte er einen anderen Gesichtsausdruck gehabt. Man muss also länger gewartet haben, bevor man ihm das Klebeband abnahm."

Nach einer kurzen Pause fuhr sie fort.

„Außerdem hätte er die Nachbarschaft zusammen geschrien. Hat er aber nicht, weil er einfach nicht schreien konnte. Ich wette, die Befragungen der Nachbarn bestätigen das."

Choi nickte. Mei Ling war erst seit ein paar Monaten seine Assistentin, aber ihr scharfer Verstand, ihre rasche Auffassungsgabe und ihr Erinnerungsvermögen, sowie ihre Analysefähigkeiten waren einfach erstaunlich.

Der Gerichtsmediziner, der Mei Lings Ausführungen ebenfalls gehört hatte, drehte sich zu ihnen um.

„Man, Choi, wie sind Sie nur an diese Frau geraten?" komplimentierte er die Ausführungen.

Choi straffte seine Schultern vor Stolz und grinste.

„Wenn Sie keine Lust mehr auf die Mordkommission haben, kommen Sie zu mir, Miss Chan."

Mei Ling unterdrückte ein Kichern und nickte dem Doktor dankend zu. Chois Schultern waren wieder in der gewohnten Stellung, das Lächeln verschwunden.

„Sind Sie nun endlich mit den Aufzeichnungen fertig?" fragte Choi.

„Ja."

„Gut, gehen wir ins Büro gehen zurück. – Doktor, wann können wir mit Ihrem Bericht rechnen?"

„Wenn ich fertig bin. – Wenn's noch heute Abend sein soll, müssen Sie mich schon zu einem Bier einladen."

„Ein Bier also. Sie sagen wann und wo. Und ich habe den Bericht heute Abend."

Der Doktor lachte und winkte ab.

Als Choi und Mei Ling mit dem Aufzug nach unten fuhren, hakte Choi noch einmal nach.

„Wieso zwei Kämpfe?"

Mei Ling hatte gerade ihren Notizblock, den sie ständig mit sich herumtrug, in die große Umhängetasche gesteckt und sah ihn an.

„Naja, haben Sie nicht die herunter gefallenen und teilweise schief hängenden Bilderrahmen an der Wand entdeckt?"

„Das hätte auch schon länger sein können."

„Nicht wenn man die hellen Flecken an der Wand betrachtet, wo die Bilder vorher gehangen hatten."

„Was noch?"

„Die gebrochene Nase von Johnny Lee. Das war noch frisch, aber nicht von dem Chop-Team. Die Nase war schon behandelt worden."

„Wer könnte das gewesen sein?"

Die Fahrstuhltür öffnete sich, und sie traten heraus und gingen zu dem Wagen von Inspector Choi.

„Jemand, der die Informationen haben wollte, die Johnny Lee besser nicht rausgegeben hätte."

„Hoffentlich können wir recht schnell herausfinden, für wen er gearbeitet hat. Vielleicht hilft uns das weiter."

„Schade, dass wir keine vollständige Datei über Polizei-Informanten haben."

„Sie meinen, ein Polizist hat ihm die Nase gebrochen?"

„Es muss sich um was Großes gehandelt haben. Sonst hätte das Syndikat nicht so stark darauf reagiert, sondern ihm erst einmal Schnittwunden ersten Grades zugefügt oder maximal ein oder zwei Finger abgehakt. Aber gleich so vorzugehen. Das war eine Bestrafung und gleichzeitig eine Warnung an andere Mitglieder. Es muss was Großes sein."

„Okay, hören wir uns mal um, was derzeit bei den Kollegen so los ist. - Gut beobachtet, Mei Ling."

„Danke, Sir!"

30. Juni 2005, 19:51 Uhr, Kowloon, Tsim Sha Tsui, Avenue of the Stars

Die Menschen versammelten sich bereits. Einige saßen auf den Bänken, andere lehnten sich gegen die Rehling, die die „Avenue of the Stars" zur Victoria Bay hin abgrenzte. Ein paar Fotografen bauten ihre Stative auf. Der Star Cruiser „Pisces" fuhr ein. Es war bereits dunkel. Nachdem die Ansage gemacht wurde, dass die „Symphony of Lights" um zwanzig Uhr beginnen würde, ertönte Mozarts "Kleine Nachtmusik" aus den Lautsprechern.

Wah saß auf einer der Bänke und wartete. Die letzten Stunden waren ereignisreich gewesen. Und anstrengend. Ein blaues Auge, ein paar blaue Flecken und Schürfwunden, sowie eine aufgeplatzte Lippe zeugten davon. Als Wah eine halbe Stunde zuvor im Büro von Inspector Cheung in dieser Aufmachung erschienen war, traf diesen fast der Schlag.

Die Kletteraktion hatte Inspector Cheung schon wütend gemacht, aber dass Wah sich nun auch noch prügeln musste – denn das war unübersehbar – das war zu viel. Doch so sehr er auch versuchte mit Fragen und Drohungen Antworten aus Wah herauszubekommen, er hatte keinen Erfolg. Wah schwieg. Als es an der Zeit war, zur „Avenue of the Stars" aufzubrechen, gab Inspector Cheung auf – zutiefst bedauernd, dass er nicht Person gewesen war, die Wah so zugerichtet hatte. Doch die Zeit drängte.

Das Spiel war noch nicht zu Ende. Aber die Karten waren neu gemischt.

Endlich gingen alle Lichter aus. Die „Symphony of Lights" begann. Eine Frauenstimme stellte, in drei Sprachen, jedes der neunzehn, an der Lasershow teilnehmende Gebäude vor. Jedes Haus gab eine kleine Kostprobe. Um zwanzig Uhr vier ging es dann richtig los. Die Farbkombinationen waren aufeinander abgestimmt. Von manchen Gebäuden wurden auch weiße und grüne Laserstrahlen in den Himmel geschickt. Es war schon beeindruckend, wie diese ganzen Gebäude beleuchtet wurden. Doch Wah konnte das Schauspiel nicht genießen. Er war zu aufgewühlt. Zu viel war in den letzten Stunden passiert. Er musste sich zusammenreißen, damit er die Übergabe nun nicht verpatzte. Das wäre das Ende.

Wie es von ihm verlangt wurde, holte Wah die Zigarettenschachtel aus seiner Jackentasche, nahm eine Zigarette heraus und zündete sie an. Er nahm einen tiefen Zug. Während Wah die Zigarette rauchte, kam ein Mann, der eine Zeitung unter dem linken Arm geklemmt hatte, auf ihn zu.

„Könnten Sie mir mit einer Zigarette aushelfen?"

Wah sah sich die Zigarette eine Weile schweigend an. Dann übergab er dem Mann die Schachtel.

„Ich will gerade aufhören."

„Dann nehmen Sie etwas zu Lesen, das wird Sie ablenken."

So tauschten Zigarettenschachtel und Zeitung ihren Besitzer. Der Mann ging weiter und Wah rauchte die Zigarette in Ruhe zu Ende.

Um zwanzig Uhr fünfzehn war die Lasershow zu Ende. Die Menschenmenge verlief sich. Wah blieb noch sitzen. Nach einer guten Weile stand auch er auf und ging zum nächstgelegenen Mülleimer. Er warf die Zeitung hinein. Lediglich ein hinein gelegter Zettel war für ihn wichtig. Wah verließ die „Avenue of the Stars" in Richtung des Glockenturms und stieg in die Fähre nach Hongkong Island.

Gefolgt von zwei Polizisten.

30. Juni 2005, 20:36 Uhr, Hongkong Island, 41D Stubbs Road, Highcliff

„Guten Abend, Ruby. Schön, Sie wieder zu sehen! Ich hoffe es geht Ihnen gut." begrüßte Robert die ältere Frau, die die Tür geöffnet hatte. Die ältere Dame lächelte ihn an und trat einen Schritt zur Seite, so dass Robert eintreten konnte. Schon kam Yan ihm entgegen.

„Herzlich willkommen!" empfing Yan Robert freudig.

„Komm', ich zeig' dir erst einmal mein Apartment. Ich habe mir neue Möbel geleistet."

Robert fing an zu lachen. Irritiert sah Yan ihn an.

„Was ist?"

„Du bist ja völlig aufgedreht."

„Klar. Ich will dir doch meine neuesten Errungenschaften zeigen." antwortete Yan.

Das war eher die Antwort eines kleinen Jungen, denn die eines Chairmans eines Syndikats.

„Wenn ich jemandem in London sagen würde, dass ich im siebenundsechzigsten Stock zu Abend esse, würde man mich für verrückt erklären." bemerkte Robert.

„Die wissen aber auch nicht wie toll die Aussicht hier oben ist. Ich kann über ganz Happy Valley und auch noch über Wan Chai schauen." verkündete Yan stolz.

Yan ging eine Stufe hinunter, die in den Wohnbereich führte. An der großen Fensterfront stand eine Rattan Sitzgruppe mit weißen Polstern.

Links und rechts von großen Pflanzenkübeln umgeben. Es gab kleine Tische neben dem Sofa, auf denen verschiedene Zeitschriften und Zeitungen lagen.

„Meine kleine Insel." stellte Yan sein Wohnzimmer vor. „Es gibt nichts Schöneres als mit einem Bier oder einem Rotwein gemütlich in einem der Sofas zu sitzen und die beleuchtete Stadt zu genießen."

Robert konnte sich das sehr gut vorstellen. Was er bisher sah bekundete, dass Yan die Wohnung für sich eingerichtet hatte. Es ging nicht darum, seinen Status vor Gästen aufzuzeigen. Es ging allein um die Gemütlichkeit. Äußerst selten für einen Hongkonger.

Yan war wesentlich mehr Engländer als Hongkonger, dachte Robert.

Links vom Wohnbereich stand eine Essgruppe aus Eiche. Bestehend aus einem runden Tisch, vier Stühlen und zwei schweren Anrichten, die an der Wand standen. Der Tisch war bereits für Yan und Robert gedeckt.

Yan führte Robert zu seinem Arbeitszimmer.

„Hier ist mein Büro."

Robert sah sich um. Der Raum war recht groß und einfach eingerichtet. Ein Schreibtisch aus Holz und Glas. Dahinter ein lederner Schreibtischsessel. An der Wand hingen zwei große, eingerahmte Kalligrafien auf denen Segen für Glück, Reichtum und ein langes Leben standen. Sonst beherbergte der Raum noch eine kleine Sitzgruppe aus weißem Leder, einen niedrigen Lacktisch, sowie zwei antike, chinesische Bücherregale.

„Kein Wunder, dass du so gerne arbeitest." bemerkte Robert. „Was ist hinter der Tür?"

„Das dritte Badezimmer."

Robert sah Yan kurz an.

„Naja, es war halt schon so eingerichtet." erwiderte dieser grinsend. „Komm', ich zeige dir das Gästezimmer. Vielleicht willst du dann doch mal bei mir nächtigen."

Sie verließen das Arbeitszimmer. Yan schloss sorgfältig die Tür hinter sich.

Das Apartment schien gar nicht aufhören zu wollen. Yan erzählte einiges über das Gebäude. Über den Beginn des Baus im Jahr 2000, die Fertigstellung im Jahre 2003, sowie die Besonderheiten der Winddämpfer, die in diesem reinen Apartment-Hochhaus weltweit zum ersten Mal eingesetzt wurden, damit die Taifune des Spätsommers diesem schmalen Gebäude nichts anhaben konnten.

Später saßen Yan und Robert am Tisch und aßen zu Abend.

„Wie war dein Tag heute?" fragte Yan, der bemerkte, dass Robert ungewöhnlich ruhig an diesem Abend war.

Robert nahm einen Schluck Wein und spülte den letzten Bissen damit hinunter.

„Ich war bowlen."

„Du kannst doch nicht jeden Tag Bowling spielen." rief Yan aus.

„Warum nicht? Hier habe ich mehr Ruhe, um meinen Schwung zu trainieren. - Du kannst ja mal mitkommen."

„Heiße ich Lau Tak Wah?"

Die Begeisterung des asiatischen Superstars für Bowling war ausreichend bekannt.

„Du weißt ja gar nicht, wie viel Spaß das machen kann. - Also, ich würde gerne mal gegen Lau Tak Wah antreten. Er soll sehr gut sein. Das wäre eine Herausforderung." ging Robert auf die Bemerkung von Yan ein.

„Soll ich ein Spiel zwischen euch arrangieren?"

Robert fing zu Lachen an.

„Was ist?" fragte Yan leicht gereizt.

„Das hättest du mich vor ein paar Tagen Fragen sollen." gab Robert gespielt vorwurfsvoll zur Antwort.

„Wieso?"

„Gestern hatte er mit den anderen Tigern Felix und Miu gebowlt. Dann hätte ich auch die zwei Mal kennen gelernt."

„Woher weißt du das?"

„Sag' mal, liest du keine Zeitung?"

Yan rollte mit den Augen.

„Warum suchst du dir nicht einfach mal ein Mädchen? Du bist hier nicht im Kloster. Sag' mir, welches Mädchen dir gefällt und ich besorge sie dir. Geht einkaufen, führe sie in ein Restaurant aus, ..."

Robert winkte ab.

„Danke, aber du musst mir kein Mädchen besorgen. Mir ist auch nicht der Sinn danach."

„Und wonach ist dir der Sinn?"

Doch Robert kam nicht mehr zum Antworten. Yans Mobiltelefon klingelte.

„Entschuldige mich bitte einen Moment." sagte Yan, nachdem er auf das Display gesehen hatte. Er stand auf und begab sich in sein Arbeitszimmer.

Robert lehnte sich zurück. Seine rechte Hand spielte mit dem Glas, das er auf dem Tisch hin und her drehte, während er nachdachte. Bald galt es zu handeln.

Zehn Minuten später betrat Yan wieder das Esszimmer. Er sah aufgewühlt aus.

„Alles in Ordnung?"

„Nein, nicht unbedingt."

Yan fuhr sich mit der Hand durch das kurze Haar. Er hoffte, dass Robert nicht sah, dass seine Hand vor Erregung zitterte.

„War nur etwas Geschäftliches." sagte Yan und versuchte zu lächeln.

Sie schwiegen eine Weile, bis Robert das Wort ergriff.

„Yan, ich muss zurück nach London."

Yan sah ihn überrascht an.

„Mein Vater hat mir eine Nachricht geschickt, dass er mich unverzüglich zu sehen wünscht."

Robert machte ein bedauerndes Gesicht.

„Vorbei mit der Ruhe und dem Bowling." bemerkte Yan. „Wann willst du fliegen?"

„Ich hoffe, morgen noch die vierzehn Uhr fünfzig Maschine zu kommen."

„Dann verpasst du ja die Party am Samstag.

Schade. Ich hätte dich gerne ein paar interessanten Männern vorgestellt." und mit einem leicht verbitterten Unterton fügte Yan hinzu, „wir müssen eben alle Opfer für unsere Väter bringen. So ist das nun mal."

„Ja, so ist das." wiederholte Robert.

„Weißt du ungefähr, wie lange er deine Hilfe in Anspruch nehmen wird?"

„Nicht genau. Kommt auf den Verhandlungsstatus an. Aber ich hoffe, dass ich Ende nächste Woche wieder hier bin." versicherte Robert.

Yan hob sein Glas Wein und sagte mit einem bitteren Unterton: „Auf unsere Väter!"

30. Juni 2005, 21:00 Uhr, Hongkong Island, HKPF Crime Wing HK Island Regional Headquarters

„Wir haben Zuwachs bekommen." begrüßte Inspector Cheung das Team, als er mit Inspector Choi und Mei Ling den Besprechungsraum betrat.

„Darf ich vorstellen, Inspector Choi von der Mordkommission und seine Assistentin Chan Mei Ling."

Inspector Choi und Mei Ling begrüßten die Kollegen und nahmen an dem Besprechungstisch Platz.

„Es hat sich herausgestellt, dass es zwischen einem heutigen Mordfall, den Inspector Choi bearbeitet, und unserem Fall eine Verbindung gibt. Daher haben wir jetzt diese gemeinsame Lagebesprechung, um unser Wissen auszutauschen und uns hoffentlich gegenseitig helfen zu können. Vielleicht gelingt es uns ja, ein paar weitere Puzzlestücke zusammen zu setzen."

Das Team sah sich und dann die zwei Gäste neugierig an. Ihr Fall hatte eine interessante Wendung genommen.

„Ich fange mit einer Kurzfassung unseres Falles an." begann Inspector Cheung. „Dafür muss ich ein paar Jahre zurückgehen.

„Am 2. Juli 1998 schlägt ein Team des Narcotics Bureau auf Anweisung von Inspector Tung Ming Wah bei einem Drogentransfer des Yi Wong Syndikats zu. Tung hatte monatelang gegen die Yi Wong ermittelt und konnte nun endlich zuschlagen. Es kam zu einem

Schusswechsel. Zum Nachteil von Wong Zhao Wen, dem Chairman der Yi Wong, der an dem Deal persönlich teilgenommen hatte, und erschossen wurde. Sein Sohn Wong Wei Yan wurde der neue Chairman der Yi Wong. Dieser machte Tung für den Tod seines Vaters verantwortlich und setzte ein Kopfgeld auf Tung aus. Tung musste untertauchen. Er zog mit seiner Tochter, Tung Ai Mui, Rufname Mui, nach London und arbeitete dort für die Metropolitan Police.

„Am 16. Juni 2005 aß Tung Ming Wah mit einem Informanten zu Mittag. Ihm waren zwei Männer aufgefallen, die ihn direkt ansahen, als sie das Restaurant verließen. Einer der Männer, ein Chinese, wurde von uns als Wong Wei Yan identifiziert. Der andere, ein Europäer, ist ein Freund von Wong, namens Robert Duncan. Die Metropolitan Police hat inzwischen herausgefunden, dass Wong Wei Yan mit Alison Blair liiert war. Der verstorbenen Halb-Schwester von Robert Duncan."

„Verstorbenen?" hakte Inspector Choi nach.

„Ja, sie kam bei einem Autounfall ums Leben. Kurz vor der Hochzeit mit Wong."

„Dann kannten sich die beiden Männer bereits?"

„Das ist anzunehmen. Zumindest kennen sich die beiden Männer seit dem Studium. Dort schien sich ihre Freundschaft zu vertiefen. - Am 24. Juni dieses Jahres schickte man Tung Bilder seiner Tochter ins Büro. Als die Flying Squad bei der Schule des Mädchens ankam, hatte man Mui bereits entführt. – Erst zwei Tage später, am 26. Juni, meldeten sich die Entführer. Tung Ming Wah musste nach Hongkong zurück. Man vermutet, dass es sich um einen Racheakt von Wong Wei Yan handelt.

„Wir haben alle ankommenden Flüge in Hongkong überprüfen lassen. Von den Zollbehörden in Hongkong wissen wir, dass Robert Duncan und Wong Wei Yan am 26. Juni in Hongkong eingereist sind. Von der zehnjährigen Mui fehlt jede Spur. Wir vermuten, dass man sie über eine andere Route nach Asien gebracht und dann nach Hongkong geschmuggelt hat. Beweisen konnten wir es bisher nicht. Die Entführer hatten Tung Nachrichten zukommen lassen, wohin er sich begeben sollte, um an die nächste Nachricht zu kommen. Bei Madame Tussauds spielte man ihm ein Mobiltelefon zu. Auf dem Display war ein Bild seiner Tochter Mui, die sich in keinem guten gesundheitlichen Zustand zu befinden scheint. Seither erhält Tung SMS-Nachrichten mit Instruktionen von den Entführern. Immer von anderen Nummern, jeweils von einem anderen Ort. Die Entführer sind sehr vorsichtig. Man kann kein Gebiet sondieren.

„Gefordert wurden achtundfünfzig Kilogramm Kokain im Austausch gegen Mui. - Heute Abend fand auf der „Avenue of the Stars" während der Lasershow die Übergabe einer Kokain-Kostprobe statt. So viel zu unserem Fall.

„Jetzt kommen wir an den Punkt, der für Sie interessant wird, Inspector. Tung organisierte sich gestern auf eigene Faust eine Liste mit allen Liegenschaften der Yi Wong. Er nutzte einen Kontakt, den er bereits durch seine damaligen Ermittlungen gegen die Yi Wong kannte. ..."

Jetzt ergriff Choi das Wort.

„Johnny Lee. Das muss Wong aber irgendwie herausgefunden haben. Denn als wir heute Nachmittag bei Johnny Lee ankamen, hatte man an ihm ein Exempel statuiert. Hände, Füße und Kopf waren abgetrennt und neben seinem Körper gelegt worden. Man konnte mir bereits bestätigen, dass Johnny Lee ein Mitglied der Yi Wong war. In dem Fall müssen wir uns also auch auf die Yi Wong konzentrieren."

„Stimmt genau. Vielleicht können wir Ihnen noch ein paar Informationen geben: Der beste Freund und ehemalige Partner von Tung, Chow Nie Wen, ist Wongs Halbbruder. Da wir Chow überprüfen lassen, wissen wir, dass er heute Mittag mit Wong telefoniert hatte. Chow scheint in die Sache verwickelt zu sein. Chow scheint Wong aber nicht wohl gesonnen zu sein. Auch scheint Chow nicht zu wissen, wo sich Mui befindet."

„Könnte das nicht ein abgekartetes Spiel von den beiden sein? Die müssen sich ja denken können, dass wenigstens Chow überprüft wird."

„Möglich ist alles. Also auch, dass er wirklich nicht viel mehr weiß als wir. Tung hält weiterhin zu seinem Freund. Wir müssen also vorsichtig sein, was wir vor Tung preisgeben. - Andererseits war heute Nachmittag ein Chop-Team in Chows Wohnung. Glücklicherweise hatte sich Chow nicht in der Wohnung befunden. Aber seit dem Nachmittag ist er verschwunden. Wir können ihn nicht ausfindig machen. Es kann also sein, dass er jemanden auf die Füße getreten ist."

„Sie meinen, sein Halbbruder wollte ihn töten lassen?"

„Ich weiß nicht, wer sie geschickt hat. Aber Chow hat sich definitiv Feinde gemacht. Natürlich hat niemand in dem Haus etwas gesehen oder gehört. Wir haben also keine Personenbeschreibungen."

Choi hatte sich Notizen gemacht. Dabei schrieb er immer wieder den Namen „Tung" auf das Blatt.

„Stimmt was nicht?" fragte Cheung.

„Wurde am 2. Juli 1998 nicht auch sein Wagen durch eine Autobombe gesprengt, wobei seine Frau ums Leben kam?" fragte Choi.

Mei Ling sah ihn fragend an. Er kannte ihn?

„Stimmt haargenau." bestätigte Cheung.

Choi nickte.

„Ich hatte den Fall damals bearbeitet. Hatte mehrmals mit seinem Vorgesetzten gesprochen. Mit Tung hatte ich nicht so viel zu tun. Ging nicht, da er ziemlich bald verschwunden war. Wir vermuteten hinter dem Anschlag ebenfalls die Yi Wong, aber wir konnten es nicht beweisen. Als wir den Hersteller der Bombe, einen freischaffenden Handwerker, festnehmen wollten, flog uns seine Garage um die Ohren. Einen Hinweis auf den letzten Auftraggeber konnten wir danach nicht mehr ausfindig machen. - Armer Kerl, dieser Tung. Erst seine Frau und jetzt die Tochter."

„Aber noch lebt die Tochter, hoffen wir zumindest."

„Wo ist Tung jetzt?" fragte Mei Ling.

„In seinem Hotelzimmer. Nach den Eskapaden am

Nachmittag haben wir ihm Hausarrest verabreicht. Zwei Kollegen sitzen vor seiner Tür und passen auf, dass er nichts mehr anstellt."

„Können Sie ihn mir bitte kurz beschreiben, ich kann mich nicht mehr genau erinnern?" fragte Choi nach.

„Aber ja: Ein Meter fünfundsiebzig groß, sehr schlank, kurze Haare, inzwischen ergraut, Bart. Markante Gesichtszüge, etwas längere Nase, stechender Blick, sehr konzentriert. Manchmal zu pro-aktiv."

„Ziemlich eigenwillig und teilweise penetrant?"

„Ich dachte, Sie hatten kaum mit ihm zu tun." neckte Inspector Cheung.

Das Team lachte. Die alte Geschichte mit dem nicht ordnungsgemäß ausgeliehenen Polizeiwagen und einer haarsträubenden Verfolgungsjagd, die in einer Massenkarambolage endete, kursierte immer noch durch die Hong Kong Police Force. Dieser Vorfall blieb für immer mit Tungs und Chows Namen verbunden. Bei den Besprechungen mit Tung hatten sie dann hautnah mitbekommen, dass er nicht so schnell nachgab und seinen Kopf durchzusetzen versuchte.

In diesem Moment klingelte das Mobiltelefon von Inspector Cheung.

„Hallo!"

Mit angespannter Mine hörte Cheung zu.

„Das kann doch nicht wahr sein!" schrie Inspector Cheung plötzlich und schlug mit der flachen Hand auf den Tisch.

Die gesamte Mannschaft erschrak und sah ihn fragend an.

„Ihr seid zu zweit vor dem Zimmer postiert. Wie kann er euch da entwischen?"

In Inspector Cheungs Gesicht stieg eine Zornesröte. Ungläubig hörte er sich die weiteren Erklärungen an.

„Sie kommen sofort zum Revier. Und ihr Kollege wartet im Hotelzimmer, bis Tung zurückkommt!" befahl Inspector Cheung und drückte den Anruf weg.

Er warf das Telefon auf den Tisch und holte tief Luft.

„Tung hat meine Leute ausgetrickst. Hat sie mit einem Trick ins Bad gelotst, sich bei Ihnen entschuldigt, sie dann k.o. geschlagen, im Badezimmer eingeschlossen und das Hotelzimmer verlassen."

Er rieb sich das Kinn.

„Das fehlte mir noch, dass ein übergeschnappter Vater jetzt durch Hongkong hechtet und seine Tochter sucht. Verdammt! Jetzt müssen wir auch noch Tung suchen, bevor er irgendwas Verrücktes anstellt."

Seine Mutter hatte sich immer gewünscht, dass Cheung Koch würde. Im Moment wünschte er es sich selbst. Er kam sich vor wie in einem Irrenhaus.

Inspector Choi hatte alle Mühe, nicht laut loszulachen. Das konnte ihm bei der Mordkommission wenigstens nicht passieren. Die Leichen blieben wenigstens liegen. Auch wenn ihm klar war, wie töricht das Verhalten von Tung war, irgendwie imponierte ihm dieser Mann. Er hoffte nur, dass Tung keinen Fehler machte. Inspector Choi sah in die Runde. Das hofften alle.

„Ich hoffe, dass er noch vernünftig genug ist. Schließlich ist er Polizist." sagte Inspector Choi.

„Ich befürchte, im Moment ist er zu sehr Vater, um Polizist zu sein." erwiderte Inspector Cheung.

„Sobald wir etwas haben, was Ihnen helfen könnte, melden wir uns. Und wir halten unsere Augen offen, was Tung angeht." versicherte Inspector Choi.

„Vielen Dank! Wir bleiben in Kontakt?"

„Natürlich."

Inspector Choi und Mei Ling verließen den Raum. Sie hatten einige Informationen bekommen.

Unterdessen ging die Besprechung von Inspector Cheung und seinem Team weiter.

„Nachdem man dem Informanten von Tung so übel mitgespielt hat, dürfte nun jedem klar sein, dass die Entführer vor nichts zurückschrecken.

„Die Übergabe der Kokain-Probe heute Abend verlief planmäßig. In der Zeitung war wieder ein Zettel mit einer Zahl. Dieses Mal war es die 48. Es handelt sich hierbei also tatsächlich um einen Countdown. Die Übergabe des Kokains wird vermutlich am 2. Juli gegen 20 Uhr stattfinden. - Lee, wie sieht es mit der Bereitstellung des Kokains für die Übergabe aus? Haben wir die Freigabe bekommen?"

„Muss nur noch vom Superintendenten unterzeichnet werden. Er war heute nicht greifbar.

Ich gehe morgen nochmals zu ihm. Sollte aber kein Problem sein. Abgesehen davon, dass man uns den Kopf abreißt, wenn wir das Kokain verlieren." antwortete Officer Lee.

Bei der letzten Bemerkung rollten einige Teammitglieder mit den Augen. Der Ärger, den der Verlust des Kokains aus der Asservatenkammer verursachen würde, war jedem bewusst. Doch Inspector Cheung wiegelte gleich ab.

„Das ist uns schon klar, Lee. Doch solange wir noch keine genaueren Informationen über die Art, den Ort und Zeitpunkt der Übergabe haben, können wir auch keine Absicherung planen. Besorge die Genehmigung, damit wir alles bereit haben, sofern die weiteren Spielregeln geklärt sind."

„Wird erledigt."

„Wenn wir Mui zuerst finden, brauchen wir das Kokain nicht mehr." warf ein Kollege grinsend ein.

„Das wollen wir doch hoffen! Widmen wir uns also der Theorie zu, dass Mui vermutlich in dem Apartment in der Queens Road West 425 festgehalten wird. Die Vermutung hat sich inzwischen verstärkt. Tung erhielt gegen Mittag eine Nachricht ins Hotel geschickt, die aus einer Aufnahme des Hauses besteht. Ein Fenster wurde auf dem Foto eingekreist. Und dieses Fenster gehört rein zufällig zu dem Apartment der Yi Wong."

Mit diesen Worten legte Inspector Cheung die Fotografie auf die Blaupause des Gebäudes, welche bereits auf dem Tisch lag.

„Wer sollte uns diese Information zusenden?" fragte Mary.

„Vielleicht die gleiche Person, die Tung die Bilder seiner Tochter ins Büro schickte?" überlegte Keung laut.

„Wir haben also jemanden auf unserer Seite? Könnte das eventuell Chow gewesen sein?"

Keung schüttelte den Kopf.

„Wenn er wirklich auf Tungs Seite wäre, hätte er Mui schon selbst befreit. Nein, das glaube ich nicht."

„Ich auch nicht." beteiligte sich Inspector Cheung an den Überlegungen. „Es könnte dennoch genauso gut ein Teil des Katz-und-Maus-Spiels sein und man will ihn nur noch mehr zermürben. Oder uns auf eine falsche Fährte schicken." gab Inspector Cheung zu bedenken. „Keung, was haben deine Beobachtungen des Gebäudes ergeben?"

„Dort zieht jemand um. Scheint ein fliegender Wechsel zu sein. Den ganzen Tag über stehen zwei Möbeltransporter vor dem Haus. Ständig werden Teppiche, Schränke, Bretter und Kisten ein- bzw. ausgeladen." bemerkte Keung.

„Konntest du was von dem Hausverwalter erfahren?"

„Nicht wirklich. Er liegt mit einem gebrochenen Bein im Krankenhaus."

„Wie gehen wir also weiter vor? Wir sollten auf jeden Fall den Engländer im Auge behalten. Ming und Sam, ihr werdet ihn beschatten. Ich will wissen, was er macht und mit wem er sich trifft. Hier ist die Adresse des Hotels. Fahrt dorthin und bleibt ihm dann auf den Fersen."

„Was machen wir mit Tung?"

„Ich lasse ihn suchen. Im Moment können wir sonst nichts für ihn tun."

„Hatte er vor der Übergabe der Kokainprobe wenigstens gesagt, was am Nachmittag geschehen war?"

„Nein. Aber irgendwas hat er angestellt, darauf könnte ich wetten. Ich weiß nur nicht, was. Im Moment bringt uns das jedoch nicht weiter. Konzentrieren wir uns auf den Einsatz morgen früh..."

Inspector Cheung nahm eine der Blaupausen auf und heftete sie an die Pinnwand hinter ihm, so dass das ganze Team sie sehen konnte.

30. Juni 2005, 23:45 Uhr, Hongkong Island, Queens Road West

Mei Ling erwartete Inspector Choi vor dem Haus. Zwei junge Polizisten standen bei ihr. Inspector Choi stieg aus dem Wagen und unterdrückte ein Gähnen. Sie hielt ihm einen Pappbecher hin.

„Kaffee." sagte sie kurz.

Inspector Choi nahm den Becher dankbar entgegen.

„Achja, die sollen wir auch tragen." ergänzte Mei Ling und reichte ihm noch eine einfache Atemmaske. „Dort wurde Tränengas eingesetzt und das hat sich noch nicht vollständig verflüchtigt."

Inspector Choi nahm auch die Maske und sah Mei Ling fragend an. Sie hatten bereits einen langen Tag hinter sich. Vor etwa eine Stunde hatten sie sich erst getrennt und nun stand Mei Ling schon wieder frisch und munter vor ihm und hatte ihnen beiden noch Kaffee besorgt.

„Was ist?"

„Wieso sind Sie noch so munter? Sie waren vorhin doch auch müde." wollte er wissen.

Sie begaben sich in das Gebäude.

„Ich brauche mich nur in einen bequemen Sessel zu setzen, schlafe zehn bis fünfzehn Minuten und dann bin ich wieder topfit."

„Zehn bis fünfzehn Minuten?" fragte er ungläubig.

„Ja."

Der junge Polizist, der sie zu dem Apartment führte, drehte sich um.

„Powersleeping?" fragte er Mei Ling.

„Ja, genau. Machen Sie das auch?"

„Ich habe davon in einem Magazin gelesen. Funktioniert das wirklich? Ich versuche es immer wieder, aber ich kann nicht so schnell einschlafen. Und meist schlafe ich dann doch länger und bin hinterher umso mehr müde." gab der Polizist zu.

„Oh, Sie müssen aufpassen, dass sie nicht ganz flach liegen. Dann kann man auch leichter den Kopf von allem befreien." ermutigte Mei Ling ihn.

„Können Sie uns etwas über die Situation sagen?" fragte Inspector Choi und lenkte das Thema wieder auf den Tatort.

„Vier Männer wurden erschossen. Da schien jemand nur drauf gehalten zu haben. Jedes Opfer hat mindestens fünf Einschusswunden, meinte der Arzt. In einem Nebenraum befindet sich nur eine Matratze auf dem Boden." informierte der Polizist die beiden.

„Wo ist der Raum?" fragte Inspector Choi.

Der junge Polizist führte beide durch das Wohnzimmer, in dem die vier erschossenen Männer vom Gerichtsmediziner gerade zum Abtransport freigegeben wurden.

„Wurde dieser Raum schon von der Spurensicherung frei gegeben?" fragte Inspector Choi.

„Fotografien und die erste grobe Spurensicherung wurden bereits gemacht. Die Detailarbeit läuft noch."

„Rufen Sie mir bitte jemanden von der Spurensicherung."

Inspector Choi ging auf die Matratze, die in der

hinteren Ecke auf dem Boden lag, zu. Mei Ling folgte ihm gespannt. Ein Mitarbeiter vom Identification Bureau kam herein.

„Wie kann ich helfen?"

„Haben Sie schon die Strickjacke fotografiert?"

„Ja, wir haben bereits alles fotografiert. Aber sonst noch nichts weiter angerührt."

„Kann ich mir die Strickjacke genauer ansehen?"

„Ich denke schon. Warten Sie, ich besorge Ihnen Einmalhandschuhe."

„Danke."

Als Inspector Choi die Handschuhe angezogen hatte, zog er an dem Zipfel einer Strickjacke, die unter dem zerwühlten Bett hervor lugte.

„Das ist ja eine Kinderstrickjacke?" rief Mei Ling entsetzt.

Inspector Choi drehte sich zu ihr um und sah dann wieder zu der Strickjacke, die er noch hochhielt.

„Ich rufe wohl besser mal Inspector Cheung an."

Der Kollege von der Spurensicherung und der junge Polizist, der bei ihnen geblieben war, starrten die Strickjacke ebenfalls an.

„Inspector, ich gehe mal kurz vor die Tür." murmelte Mei Ling leise und ging aus dem Zimmer.

Inspector Choi nahm sein Mobiltelefon heraus und wählte die Nummer von Inspector Cheung. Wie gut, dass er die Nummer schon eingespeichert hatte.

‚Was ist hier nur los?' grübelte Inspector Choi, während er auf eine Verbindung wartete. Einem Mann wurden am Vormittag die Extremitäten abgetrennt und neben seinen Körper gelegt. Und nun die vier erschossenen Männer. Gab es eine Verbindung zwischen diesen beiden Mordfällen? All das schien mit der entführten Tung Ai Mui zu tun zu haben. Was war nun mit ihr geschehen? Lebte sie noch?

Inspector Choi packte die Strickjacke in die Plastiktüte, die der Kollege der Spurensicherung für ihn aufhielt.

„Ich will, dass die Jacke umgehend ins Labor kommt und untersucht wird."

„Worauf Sie sich verlassen können. Sollten wir fündig werden, so dass man eine DNA-Analyse durchführen kann, wird das aber mindestens 14 Stunden dauern." klärte der Kollege vom Identification Bureau Inspector Choi auf.

„Ist gut. Aber ich will dann sofort den Bericht haben."

Inspector Choi verließ den Raum. Er machte sich auf die Suche nach dem Badezimmer, wo er Mei Ling vermutete. Er fand sie aber bereits im Flur. Gegen eine Wand gelehnt und kreidebleich. Von der munteren, aufgeweckten jungen Frau, die vorhin vor dem Haus auf ihn gewartet hatte, war nicht mehr viel übrig.

„Entschuldigung."

„Wofür?"

„Weil ich raus musste."

„Eigentlich hatte ich diese Reaktion schon heute Morgen von Ihnen erwartet."

„Da konnte ich mich noch ablenken. – Haben Sie

Inspector Cheung erreicht?"

„Ja. Er kommt gleich vorbei."

„Hoffentlich lebt das Mädchen noch."

„Das hoffen wir alle."

Mei Ling musste an ihre kleine Schwester denken. Sie war in Muis Alter. Wie konnte man so etwas einem Kind nur antun?

„Kommen Sie, fahren Sie nach Hause, Mei Ling. Ich regele noch einiges und warte auf Cheung."

Ohne eine Antwort abzuwarten, legte er seinen Arm um ihre schmalen Schultern und dirigierte sie aus der Wohnung heraus.

Inspector Choi tat es gut, Mei Ling auch mal von der menschlichen Seite kennen zu lernen. Sie war also doch nicht so hart gesotten, wie es immer den Anschein hatte.

1. Juli 2005, 09:00 Uhr, Hongkong Island, HKPF Crime Wing HK Island Regional Headquarters

Cheungs Ermittlungsteam war unruhig. Sie hatten von den Morden in dem Apartment gehört, als Cheung den Einsatz zur Befreiung von Mui abgesagt hatte. Einzelheiten wusste aber keiner von ihnen. Da betraten auch schon Inspector Cheung, Inspector Choi und Mei Ling den Besprechungsraum. Choi und Cheung hatten dunkle Ringe unter den Augen. Sie schienen die ganze Nacht wach gewesen zu sein, um die Fälle zu besprechen und nach Antworten zu suchen.

„Guten Morgen, zusammen. Inspector Choi und Mei Ling kennt ihr ja schon. Leider hat sich etwas ereignet, was wieder eine gemeinsame Lagebesprechung notwendig macht. Inspector, Sie haben das Wort." Mit diesen Worten setzte sich Inspector Cheung an den Besprechungstisch zu seinem Team. Mei Ling setzte sich neben ihn, während Inspector Choi mit der Zusammenfassung der letzten Ereignisse begann.

„Wie Sie schon erfahren haben, gab es gestern in dem Apartment, in welchem Sie die kleine Tung Ai Mui vermuteten, ein kleines Massaker. Hier sind ein paar der Aufnahmen, die die Spurensicherung angefertigt hat."

„Wir fanden vier erschossene Männer im Wohnzimmer. In einem Nebenraum lag eine Matratze auf dem Boden und unter der Bettwäsche lugte eine Strickweste hervor. Als wir sie hervorzogen, sahen wir, dass es sich hierbei um die

Strickjacke eines Kindes handelt. Vermutlich Teil einer Schuluniform. Ob es sich hierbei um eine Schuluniform von Tung Ai Muis Schule handelt, wird gerade in London von der Met überprüft."

Er legte die Kopien aller bisher erhaltenen und geschriebenen Berichte bezüglich der Leichenfunde vom Vortag auf den Tisch.

„Hier sind Kopien von allen Berichten, die wir derzeit über die beiden Mordfälle haben. Der letzte Bericht der Gerichtsmedizin steht leider noch aus. Das DNA-Muster von Mui konnte uns die Met aufgrund von Haaren in ihrer Bürste bereits zukommen lassen. Somit werden wir dann schnell feststellen können, ob es sich um das gleiche DNA-Muster handelt. Aber das werden wir erst im Laufe des späten Nachmittags erfahren."

Inspector Cheung sah in die Runde. Er konnte ihre Befürchtungen beinahe hören.

„Meinen Sie, Ai Mui ist etwas passiert?"

„Ich weiß es nicht. Es sieht so aus, als ob nicht."

Er sah in die angespannten Gesichter des Teams. Sie hatten den Zugriff und die mögliche Befreiung Muis ganz genau geplant. durch diese Wendung musste man nun von neuem mit der Suche beginnen. Und Mui befand sich vermutlich in noch größerer Lebensgefahr.

„Es wurden keinerlei Spuren von Blut in dem Bett oder im Raum gefunden werden. Daher hoffen wir, dass Tung Ai Mui nicht zu Schaden kam."

Ein leises Aufatmen war zu hören.

„Wir wissen also, dass Tung Ai Mui höchst

wahrscheinlich in diesem Apartment festgehalten wurde. Aber wir wissen nicht, wo sie jetzt ist oder wer das Massaker angerichtet hat. Keiner der Nachbarn will etwas gehört haben. Keiner hat die Kleine gesehen."

„Was ist mit den Umzugsleuten." gab Keung zu bedenken.

„Keiner der Nachbarn hatte auf sie geachtet. Wir konnten keine konkreten Beschreibungen erhalten, die für Phantombilder gereicht hätten. Sonst müssten wir ganz Hongkong ins Gefängnis sperren."

„Ich habe Bilder." sagte Keung.

„Wie bitte?" Alle sahen Keung mit erstaunten Blicken an.

„Ich habe Bilder. Von allen Personen, die gestern das Gebäude betreten oder verlassen haben."

„Warum hast du das gestern nicht schon gesagt?" hakte Inspector Cheung nach.

„Weil es gestern nur Umzugsleute waren und heute sind es potenzielle Mörder und Entführer - oder Zeugen."

„Wieso hast du sie fotografiert?" fragte Mary.

„Ich wollte mein neues Handy ausprobieren, das ich vorgestern Abend gekauft hatte. Und da ich das Haus beobachten musste und mir langweilig war, fotografierte ich eben die Umzugsleute."

Keung konnte einen gewissen Stolz in seiner Stimme nicht verheimlichen, obwohl er versuchte, ganz lässig zu wirken.

Das war wahrlich eine glückliche Fügung. Vielleicht konnte man so auf eine neue Spur kommen.

„Weiß Tung Ming Wah vielleicht etwas? Hat er eine Vermutung? Oder haben Sie es ihm noch nicht gesagt?" wandte sich Mei Ling an Inspector Cheung.

„Das kann ich Ihnen leider nicht beantworten. Er ist seit gestern Abend nicht mehr aufgetaucht." bemerkte Inspector Cheung.

„Was ist mit Chow?"

„Ebenfalls nicht auffindbar. - Jeder Polizist in Hongkong ist auf der Suche nach den beiden, aber im Moment wissen wir nicht, wo sie sich aufhalten. Anrufe und Nachrichten werden nicht beantwortet, die Telefone sind ausgeschaltet. Wir können sie nicht orten, nicht kontaktieren, gar nichts."

„Wie machen wir jetzt weiter?" fragte Keung.

„Du lieferst deine Bilder im Identification Bureau ab. Die sollen versuchen, die Namen der Männer herauszufinden."

Dann wandte er sich an Inspector Choi.

„Tut mir leid, dass wir Ihnen im Moment nicht weiterhelfen können. Sobald wir die Bilder und Namen der Umzugsleute haben, geben wir sie an Sie weiter. Würden Sie mich bitte informieren, sobald Sie Neuigkeiten aus England haben?"

„Selbstverständlich."

Inspector Choi und Mei Ling standen auf und verließen den Raum.

„Mary, was macht die Beschattung des Engländers?"

„Gegen zweiundzwanzig Uhr wurde er von Wong Wei Yan zum Hotel gebracht. Er ging auch sofort in das Hotel. Der Wagen von Wong Wei Yan fuhr weg.

Dreißig Minuten später verließ er das Hotel wieder. Er fuhr mit einem Taxi nach Wan Chai und ging dort in ein Restaurant."

„Weiß man, warum? Hat er dort gegessen?"

„Ming war ihm in das Restaurant gefolgt, aber der Engländer war nirgendwo zu sehen. Es dürfte aber von Interesse sein, dass das Restaurant keinem Geringeren als Dai Lou Chan gehört."

Ein leises Raunen ging durch den Raum.

„Eine halbe Stunde später ist der Engländer wieder rausgekommen, stieg in ein Taxi und fuhr zum Hotel. Dort blieb er dann auch über Nacht. Heute Morgen hat Sam mitbekommen, dass der Engländer sich bereits ausgecheckt hat und heute am frühen Nachmittag nach London zurückfliegt."

„Gut. Gib diese Information bitte an das Team der Met weiter. Dann können sie sich an seine Fersen heften, wenn er wieder dort ist."

„Das habe ich bereits veranlasst."

„Gut. Mal sehen, ob es noch was Interessantes von dem Engländer zu hören gibt. Wenn er abgeflogen ist, Mary, sollen Sam und Ming wieder hierherkommen. - Keung, du kümmerst dich um die Bilder, die du gemacht hast und die Namensliste. - Lee, setze dich mit dem Superintendenten in Verbindung. Ich glaube nicht, dass wir das Kokain noch benötigen werden, aber ich will es greifbar haben, wenn doch. - So, Leute, ich denke, wir haben noch einiges an Arbeit auf den Tischen. Das nächste Meeting ist um zwölf Uhr."

Damit sammelte Inspector Cheung die Unterlagen,

die auf dem Tisch verstreut waren, ein, und verließ den Raum.

1. Juli 2005, 10:09 Uhr, Hongkong Island, HKPF Crime Wing HK Island Regional Headquarters

Inspector Cheung betrat den Besucherraum und stellte sich breitbeinig und mit vor der Brust verschränkten Armen vor Wah auf. Da saß Tung Ming Wah ganz ruhig auf dem Sofa, so als ob nie etwas vorgefallen wäre. Inspector Cheung atmete tief durch.

„Der verlorene Sohn ist zurück. Wie schön." begrüßte er Wah zynisch.

Wah nickte nur, schwieg aber.

„Kommen Sie mit." forderte der Inspector Wah auf.

Wah erhob sich und folgte dem Inspector in dessen Büro. Gefolgt von vielen Augenpaaren.

„Wo waren Sie?" fragte Inspector Cheung, nachdem er sich hinter seinen Schreibtisch setzte.

„Ich musste etwas klären."

„Ach so, das war vermutlich auch viel wichtiger, als uns in Ruhe unsere Arbeit machen zu lassen und zu kooperieren."

„Es war wichtig."

„Wichtiger als das Leben Ihrer Tochter und die erfolgreiche Befreiung Ihrer Tochter?"

Inspector Cheung kochte vor Wut. Dass Wah immer noch so ruhig blieb, machte ihn nur noch wütender.

„Ich war bei Mui und musste mich überzeugen, dass es ihr gut geht." sagte Wah ruhig.

„WAS?"

„Mui ist in Sicherheit."

Inspector Cheung ging zur Bürotür.

„Mary, Keung, sofort in mein Büro!" brüllte er und kehrte an seinen Platz zurück.

Mary und Keung, die Wah bereits beim Eintreten gesehen hatten, kamen neugierig herein. Inspector Cheung holte ein Diktiergerät aus der Schreibtischschublade und schaltete es an.

„So, Tung, jetzt sind hier noch weitere Zeugen. Würden Sie ihren letzten Satz bitte noch einmal wiederholen?!"

„Mui ist in Sicherheit."

Inspector Cheung sah die Blicke von Mary und Keung. Er zog die Augenbrauen hoch und nickte den beiden zu.

„Mui ist in Sicherheit. Habt ihr das gehört?"

Beide nickten. Inspector Cheung stand auf.

„Ich gehe jetzt mal für ein paar Minuten raus. Und ihr zwei passt auf, dass er nicht wieder verschwindet. Er darf den Raum nicht verlassen. Notfalls erschießt ihn!"

Mit diesen Worten verließ Inspector Cheung das Büro. Er musste sich wieder unter Kontrolle bringen. Ihm war bewusst, dass sein Verhalten komplett überzogen war, aber es war im Moment das Einzige, was ihn abhielt, Tung vor Wut eigenhändig den Hals umzudrehen. Er ging in den Waschraum und ließ eiskaltes Wasser über seine Pulsadern und Hände laufen und tauchte das Gesicht unter Wasser.

Zehn Minuten später betrat Inspector Cheung wieder sein Büro. Tung, Mary und Keung waren noch da. Und beim Eintreten hörte er noch Tung sagen „...Mui geht es relativ gut." Doch als Wah Inspector Cheung sah, schwieg er wieder.

„Okay, jetzt möchte ich bitte von Anfang an wissen, was gestern vorgefallen ist."

„Gestern Mittag musste ich einfach herausfinden, ob ich Nie Wen noch trauen konnte. Ich hatte gesehen, dass er seine Wohnung verlassen hatte und ging hinüber zu seinem Apartment. Er ist ein Gewohnheitstier, also konnte ich mir relativ leicht Zugang zu seiner Wohnung verschaffen. In der Wohnung suchte ich nach Anhaltspunkten."

„Was für Anhaltspunkte?" fragte Inspector Cheung.

„Irgendwelche. Ich hatte ja geprüft, ob er wirklich Geld von der Yi Wong erhielt. Aber ich wusste einfach nicht, inwieweit er vielleicht doch in die Entführung verwickelt war."

„Wurden Sie fündig?"

„Ja. Als ich seine Ordner durchsah, fiel mir eine Blaupause in die Hände, die hinter den Ordnern versteckt war. Es war die Blaupause eines Gebäudes."

„Etwa von dem Apartment der Yi Wong, in dem wir Mui vermuteten?"

„Ja."

„Und dann?"

„Dann rief er mich an, ich solle aus seiner Wohnung verschwinden."

„Was Sie dann auch taten und sich à la Jackie Chan über die Regenrinne absetzten."

Wah räusperte sich.

„Was geschah dann?"

„Ich verließ das Gebäude und musste erst einmal meine Gedanken ordnen."

„Warum sind Sie nicht zu uns gekommen?"

„Zwei Ecken weiter überholte mich Nie Wen."

„Das erklärt immer noch nicht, warum Sie nicht zu uns gekommen sind. Sie hätten sogar nur anzurufen brauchen und wir wären gekommen oder hätten Sie zumindest abholen lassen."

„Es gab eine Auseinandersetzung mit Nie Wen."

„Hat der sie so zugerichtet?"

„Wir sehen beide so aus."

„Hoffentlich wollen Sie niemals mit mir Freundschaft schließen." meinte Inspector Cheung spöttisch.

Mary und Keung mussten schmunzeln.

„Warum ist er nicht zu uns gekommen?"

„Hätten Sie ihm geglaubt? Sie hatten ihn ohnehin schon die ganze Zeit überwachen lassen."

„Sie kennen die Vorgehensweise. Sie hatten sich bereits in England nicht darangehalten, also mussten wir Vorsichtsmaßnahmen ergreifen."

Wah schnaubte kurz. Obwohl er genau wusste, dass Inspector Cheung recht hatte.

„Er hätte es ja wenigstens versuchen können. Schließlich war er lange genug bei der Hong Kong

Police Force und hatte hervorragende Beurteilungen und Anerkennungen für seine Dienste hier. Diese Aktion stärkt ganz bestimmt nicht das Vertrauen in seine Loyalität Ihnen oder uns gegenüber."

„Kurz bevor ich wieder zuschlagen wollte, rief er 'Sie ist dort!'." führte Wah weiter aus. „Bisher war es immer nur ein Verdacht gewesen, dass sie dort sein könnte. Aber auf einmal war es bestätigt."

„Spätestens ab diesem Moment hätten Sie sich bei uns melden müssen."

„Ab diesem Moment hatte ich nur noch einen Gedanken: Ich wollte Mui! Und zwar sofort!"

Inspector Cheung schlug mit der flachen Hand auf die Schreibtischplatte und sprang aus seinem Stuhl hoch.

„Sie wussten, dass wir für heute Morgen einen Einsatz geplant hatten!"

Seine Stimme überschlug sich fast.

„Ich wollte sie *sofort* wieder haben, Inspector." antwortete Wah ruhig.

„Glauben Sie etwa, wir sind Pfadfinder, die nichts anderes zu tun haben, als tagtäglich Räuber-und-Gendarm zu spielen?"

„Nein." antworte Wah leicht beschämt.

„Gut, denn das sind wir auch nicht! Wir kümmern uns seit Jahren um Entführungen. Und *Sie* sind definitiv nicht der erste Vater, dessen Tochter entführt wurde. Ganz bestimmt nicht."

„Ich weiß." sagte Wah.

Inspector Cheung zwang sich, sich wieder ruhig

auf seinen Stuhl zu setzen.

„Also, Sie prügeln sich mit Chow, er bestätigt Ihnen, dass Mui tatsächlich in dem Apartment ist und schon haben Sie einen gut durchdachten Plan im Kopf? Sie sind wohl ein Superhirn!"

„Nein, bin ich nicht. - Nie Wen klärte mich über seinen Plan auf."

„Ich hoffe, Sie sind nicht auch noch stolz darauf."

„Nein, das bin ich nicht. - Aber ich bin froh, dass ich endlich wieder eine Nacht schlafen, Mui in meinen Armen halten und sie atmen hören konnte."

„Was für ein Plan war das? Reingehen, alle erschießen und mit Mui heraus spazieren?"

Wah hob die Augenbrauen und sah Inspector Cheung überrascht an.

„So ungefähr. Bis auf das Erschießen. Wir sind Polizisten, keine Schlachter." sagte er schließlich.

„Ihre Handlungen lassen daran zweifeln, dass Sie Polizisten sind, Wah. Nie Wen ist es zumindest seit ein paar Jahren nicht mehr." bemerkte Inspector Cheung spitz.

Doch dann wollte er wissen, wie die Befreiung überhaupt möglich war.

„Wir hatten das Haus die ganze Zeit beobachten lassen, es gibt sogar Bilder von allen Personen, die dort ein- und ausgingen, aber auf keinem der Bilder sind Sie oder Chow abgebildet." sagte Inspector Cheung.

„Wir trugen Masken."

Inspector Cheung war nicht der Einzige, der in

diesem Moment verdutzt dreinsah. Dies erklärte, warum ein paar der fotografierten Männer nicht identifiziert werden konnten.

„Nie Wen hat einen Bekannten, der in der Filmbranche arbeitet. Nie Wen hatte sich bereits an dem Morgen eine kostspielige und zeitintensive Maske verpassen lassen. Daher konnten Ihre Männer ihn auch nicht im Foyer des Hotels erkennen, als er sich dort einquartierte."

„Und die Maske hat die Prügelei überstanden?" fragte Mary nach.

„Nein, nicht ganz. Sie musste behelfsmäßig geflickt werden. Mit etwas Make-up fiel es von weitem nicht so sehr auf. Bei mir half man lediglich mit Make-up nach, so dass die Gesichtszüge nicht mehr den meinen glichen. durch die Schwellung war das ja auch nicht mehr so schwer."

„Wären Sie zu uns gekommen, hätten Sie sich die Aufmachung sparen können."

„Was waren das für Leute, die dort umzogen?"

„Leute, die Nie Wen einen Gefallen schuldig waren. Es gab keinen Umzug. Auf dem Dach hatte Nie Wen schon ein paar Möbel lagern lassen, so dass es nicht auffiel, wenn man immer wieder die gleichen Möbel hinein und heraus trug. Außerdem hatte man verschieden farbige Türen für die Schränke besorgt, so dass es immer wieder nach anderen Möbeln aussah."

„Es lebe IKEA." grummelte Inspector Cheung. „Wussten Sie im Übrigen, dass die meisten der Männer zu Dai Lou Chan gehören?"

Wah sah Inspector Cheung ungläubig an.

„*Dem* Dai Lou Chan aus Wan Chai?"

„Ja. - Hat Chow irgendwelche Verbindungen zu Dai Lou Chan?"

Wah schüttelte den Kopf. Dai Lou Chan war ihm ein Begriff. Und er wusste, wie gefährlich dieser Mann werden konnte. Wie kam es, dass Nie Wen also dessen Leute anheuerte? Inwieweit waren sie ihm einen Gefallen schuldig?

Doch Inspector Cheung, der bemerkte, dass Wah von dieser Neuigkeit überrascht worden war, wollte ihm nicht die Zeit für Grübeleien lassen. Zumindest nicht im Moment.

„Weiter." drängte Inspector Cheung.

„Wir mischten uns unter die Männer und gingen in das Haus. Als einer der Bewacher das Apartment verlassen wollte, fielen wir über ihn her, gingen mit ihm in die Wohnung zurück und während Nie Wen die Leute mit einer Waffe in Schach hielt, suchte ich nach Mui. Sie schlief tief und fest in einem Nebenraum. Die Mistkerle hatten sie mit Schlafmitteln vollgepumpt, um Ruhe zu haben."

Bei diesen Worten begann nicht nur seine Stimme leicht zu zittern an, auch seine Hände zitterten. Die Sorgen, die er sich um ihre Gesundheit machte und der Druck, dem er in den letzten Tagen ausgesetzt war, waren nicht zu übersehen. Doch er bekam sich wieder unter Kontrolle.

Inspector Cheung und Keung sahen sich stumm an, aber ihre Mimik verriet, dass sie wütend waren. Mary presste ihre Fingernägel in die Handflächen, um durch den Schmerz die Wut im Griff zu behalten.

„Ich holte Mui dort raus und Nie Wen folgte. Er hatte eine Tränengasgranate gezündet, so dass sie nicht in der Lage waren, uns zu folgen. Wir gingen nicht sofort aus dem Haus raus, sondern liefen erst die Treppe hinauf. Oben hatte man mit einem Kleiderschrank gewartet, den man für den Abtransport für Mui vorbereitet hatte."

„Wo ist Mui jetzt?"

„Wir brachten Sie zu ihren Großeltern, den Eltern meiner Frau. Ai Lings Vater praktiziert Traditionelle Chinesische Medizin. Und wer sonst könnte ihr jetzt besser helfen."

„Ein Krankenhaus vielleicht? Wo man sie entgiften könnte?"

Wah sah Inspector Cheung nur schweigend an.

„Er ist ein guter Doktor. Wenn er merkt, dass er Mui nicht helfen kann, wird er sie in ein Krankenhaus bringen."

„Wo ist Chow jetzt?"

„Er hat Mui und die Großeltern in ein sicheres Versteck gebracht. Erst wenn alles überstanden und Wong Wei Yan festgenommen ist, wird Nie Wen mit ihnen zurückkehren."

„Sie wissen, dass das Konsequenzen nach sich ziehen wird."

„Ja."

„Chow auch?"

„Ja."

Inspector Cheung nickte und atmete wieder laut

aus. Er war froh, dass Mui in Sicherheit war, auch wenn ihm die Vorgehensweise keinesfalls gefiel. Ganz und gar nicht gefiel.

Inspector Cheung erhob sich aus dem Stuhl, schritt um seinen Schreibtisch, ging auf Wah zu und reichte ihm die Hand. Wah stand ebenfalls auf und ergriff die ihm dargereichte Hand.

In dem Moment klickten auch schon die Handfesseln. Wah sah Inspector Cheung fragend an.

„Tung Ming Wah, hiermit sind Sie wegen Zuwiderhandlung gegen bestehende Gesetze, Behinderung der Polizeiarbeit im Entführungsfall 'Tung Ai Mui', Körperverletzung in zwei Fällen an diensthabenden Polizisten, unbefugten Waffenbesitzes, wiederholten Hausfriedensbruches und Mordes in vier Fällen verhaftet."

1. Juli 2005, 12:55 Uhr, Hongkong Island, HKPF Crime Wing HK Island Regional Headquarters

„Wie lange wollen Sie ihn eigentlich festhalten?" fragte Keung Inspector Cheung, während dieser selbstzufrieden vor sich hin grinste.

„So lange, bis wir uns Wong Wei Yan vorgenommen haben." sagte er genüsslich. „Das wird Tung guttun, mal etwas Ruhe zu haben. Und uns tut es gut, dass er nicht schon wieder dazwischenfunken und den nächsten Einsatz gefährden kann."

Nach diesen Worten biss er wieder in sein Sandwich.

Da Inspector Cheung eine Unbekannte - nämlich Tung Ming Wah - durch die Verhaftung aus der Gleichung genommen hatte, lud er das Team zu Sandwiches ein, die sie nun während der Besprechung aßen.

Die Entführung war zwar vorzeitig beendet worden, doch die Entführer sollten noch zur Rechenschaft gezogen werden, was allerdings ohne eine Geisel und somit dem dringenden Tatverdacht schwerfiel. Jetzt konnten nur noch die in dem Apartment gesicherten Spuren helfen.

„Glauben Sie, dass Tung und Chow die Männer umgebracht haben?" fragte Officer Lee.

Inspector Cheung schüttelte den Kopf.

„Nein. Er reagierte überrascht, als ich das Erschießen erwähnte."

„Könnte auch gespielt gewesen sein."

„Nein." wehrte Inspector Cheung ab. „Tung traue ich so ein Abschlachten nicht zu. Er hatte es ernst gemeint, als er sagte 'Wir sind Polizisten, keine Schlachter.'"

„Nun, er hat schon das eine oder andere gemacht, was man einem Polizisten oder überhaupt klardenkenden Menschen absprechen würde. Mit der Aktion hatten sie Muis Leben unnötig in weitaus größere Gefahr gebracht, als sie sich ohnehin schon befand." bemerkte Keung, der den Gedankengang von Officer Lee durchaus nachvollziehen konnte. Wäre er nicht bei dem Gespräch mit Wah dabei gewesen, hätte er vermutlich ebenso gedacht.

„Trotzdem. Er hatte Mui. Sie war zwar betäubt worden, aber sie lebte noch." gab Mary zu bedenken.

„Er wäre also doch dazu fähig gewesen, wenn sie nicht mehr gelebt hätte?" bohrte Officer Lee weiter.

„Das wissen wir nicht. Und darüber müssen wir nicht mutmaßen. Mui lebt und ist derzeit vermutlich in Sicherheit und ärztlicher Versorgung. Wir haben noch andere Probleme zu lösen."

„Wir wissen also immer noch nicht, wo sie jetzt ist?"

„Nein. Er sagt keinen Ton. Er will kein Risiko eingehen."

„Warum vertraut er diesem Chow und nicht uns?"

„Ob er Chow vertraut, sei dahingestellt."

„Aber..." wollte Mary ansetzen, als ein Kollege an die Tür klopfte und eintrat.

„Inspector, hier sind die Unterlagen der Gerichtsmedizin."

Mit diesen Worten überreichte er Inspector Cheung den Umschlag und verließ wieder den Raum.

„Danke."

Inspector Cheung öffnete den Umschlag, holte die darin enthaltenen Unterlagen heraus und las. Das Team sah ihn gespannt an. Nach ein paar Minuten legte Inspector Cheung den Bericht auf den Tisch.

„Das sind die Unterlagen, die uns Inspector Choi versprochen hatte. - Die Strickjacke wurde von der Met als Teil der Schuluniform von Muis Schule bestätigt. Es wurden auch Haare von ihr daran gefunden. Zudem gab es noch ein paar andere Haare, deren DNA soweit möglich schon bestimmt werden konnte, aber es liegen noch keine Vergleiche vor. Derzeit wird noch geprüft, ob diese von den Ermordeten stammen. Wir müssen bedenken, dass sie die Jacke bereits seit der Entführung trug."

„Gab es sonst noch etwas Neues?"

„Die Schusswaffe wurde ermittelt, mit der die vier Männer erschossen wurden."

„Und?"

Gespannt sah das Team Inspector Cheung an.

„Nicht das Modell, das Wah und Nie Wen hatten."

„Dann ist da also noch jemand, auf den wir uns konzentrieren müssen."

„Nein, auf den sich Inspector Choi konzentrieren muss. Wir bleiben erst einmal dabei, dass wir Wong Wei Yan in die Enge treiben und seinen Freund beschatten lassen. Ich halte ihn immer noch für den Drahtzieher der Entführung. - Mary, Neuigkeiten von den Jungs?"

„Nein. Bisher noch nicht."

„Lee, hast du was beim Superintendenten erreicht?"

„Alles geklärt und unterschrieben. Sollten wir das Kokain benötigen, ist es bereit."

„Ich hoffe doch, dass wir es nicht benötigen, aber es ist gut, für alles gewappnet zu sein. - Jetzt zu unserem heutigen Besuch bei Wong Wei Yan."

Mit diesen Worten gab er den Blick auf die Blaupausen des Highcliff preis.

1. Juli 2005, 13:48 Uhr, Hongkong, Lantau Island, International Airport Chek Lap Kok

„Das wird wohl die kürzeste Beschattung in der Geschichte der Hong Kong Police Force." sagte Sam zu Ming.

Beide Polizisten schlenderten durch den Flughafen und behielten Robert Duncan im Auge, der gerade den Check-in Schalter verließ.

„Stimmt. Gestern Abend der Auftrag und nun fliegt der Engländer schon ab. In London können sich die Männer der Met an seine Fersen heften."

Sie sahen, wie Robert durch eine von Polizisten gesicherte Tür ging. Dahinter gab es nur noch die Pass- und Sicherheitskontrollen, die Duty-free Geschäfte und anschließend die Gates.

„Geschafft. Lass' uns ins Büro zurückfahren."

„Nein, warte doch mal, Sam. - Nutzen wir die Gelegenheit zu einer kleinen Pause. Hör' zu, ich muss erst einmal aufs Klo. Geh' schon mal zum Pacific Coffee und bestell' uns was. Hol' mir bitte auch so einen Brownie. Ich will auch kurz meine Mails abrufen. Nimm' also auch eine Maus mit und setz' dich an einen freien Rechner."

„Sonst noch Wünsche?"

„Nein, ein Brownie und ein mittelgroßer Kaffee reichen. Danke!"

Ming ließ Sam einfach vor dem kleinen Laden von Vertu stehen und ging zu den Toiletten. Sam murrte, ging aber dann zu einem der zwei Pacific Coffee Shops und tat wie ihm geheißen.

Zwanzig Minuten später tauchte Ming wieder auf.

„Man, wo warst du so lange?" raunzte Sam ihn an.

Ming nahm wortlos den Brownie auf und biss hinein.

„Mmmh, tut das gut. Danke." sprach er mit vollem Mund.

„Du schuldest mir hundertsiebenundfünfzig Dollar."

„Was? Für einen Kaffee und einen Brownie?"

„Hundert Dollar Leihgebühr für die Maus."

„Ach, die kriegst du doch eh wieder. - Hier sind fünfundsiebzig Dollar."

Ming zog seine Geldbörse aus der Hosentasche und übergab Sam den geschuldeten Betrag.

„Außerdem habe ich schon im Büro angerufen und gesagt, dass der Engländer für uns außer Reichweite ist. - Wir hätten uns mit der Abteilung am Flughafen kurzschließen sollen, dann hätten wir auch sehen können, wie er in den Flieger steigt..."

„Sagt wer?"

„Mary."

„Nächstes Mal kann sie ja die Beschattung übernehmen. Wenn er abfliegt..."

Weiter kam Ming nicht mehr. Denn Sam hatte seinen Arm gepackt und starrte mit großen Augen an Ming vorbei.

„Was ist?"

Ming drehte sich um, während er den letzten Bissen herunterschluckte. Und dann sah auch er es. Beziehungsweise 'ihn'.

Keine vierzig Meter von ihnen entfernt lief Robert Duncan über eine der Verbindungsbrücken zum Ausgang des Flughafens.

Er lief nicht nur, er rannte.

Sam beendete sofort die Internetverbindung und rannte los.

„Hey, und die Maus?!" rief Ming.

„Vergiss die Maus.... Wir müssen zum Wagen!"

Sobald Sam und Ming in ihrem Wagen saßen und Duncans Taxi folgten, rief Ming im Büro an.

„Mary, der Engländer ist wieder aufgetaucht. Er ist gerade aus dem Flughafen gerannt und in ein Taxi gestiegen."

„Verdammt, wo will der Kerl nur hin?" fragte Ming laut, nachdem er das Telefonat beendet hatte.

„Keine Ahnung." bemerkte Sam kurz, der am Steuer saß und darauf achtete, dass er nicht das Taxi aus den Augen verlor, das mit der höchst zulässigen Geschwindigkeit fuhr.

„Da scheint auf jeden Fall etwas am Brennen zu sein, so wie der gerannt ist." dachte Sam laut nach.

Ming nickte. Was hatte der Engländer nur vor? Warum war er nicht in das Flugzeug gestiegen? Und wieso hatte er es so verdammt eilig?

Das war also doch nicht die kürzeste Beschattung in der Geschichte der Hong Kong Police Force.

1. Juli 2005, 13:53 Uhr, Hongkong Island, 41D Stubbs Road, Highcliff

Yan war überrascht als Ruby ihm mitteilte, dass Kwong Wai Ming ihn zu sprechen wünsche. Yan stand auf, um dem väterlichen Freund entgegenzugehen, als dieser das Arbeitszimmer Yans betrat.

„Lou Kwong, welch eine Überraschung. Was verschafft mir die Ehre Ihres werten Besuches?" erkundigte sich Yan und bat Kwong Wai Ming mit einer Handbewegung, sich auf das bequeme Sofa zu setzen.

Kwong Wai Ming antwortete nicht, sondern setze sich einfach hin.

„Darf ich Ihnen einen Tee anbieten?" fragte Yan.

„Ja. Bei Tee lässt es sich leichter verhandeln." sagte Kwong Wai Ming mit leiser rauer Stimme.

Yan sah ihn fragend an. Was meinte er mit 'verhandeln'? Doch Yan sah wieder zu Ruby auf, die noch in der Tür stand.

"Bitte bringe uns Tee, Ruby."

Ruby nickte und schloss die Tür hinter sich. Yan setzte sich Kwong Wai Ming gegenüber. Er sah kurz auf die Uhr, was Kwong Wai Ming bemerkte.

„Eine Verabredung?" fragte er neugierig.

„Ja."

„Mit wem?"

„In Wan Chai." wich Yan der Frage aus.

Yan wollte ihm nicht sagen, dass Dai Lou Chan ihn eingeladen hatte. Mr. Chan wollte ihm mitteilen, wer das schwarze Schaf in der Yi Wong war.

„Danach hatte ich nicht gefragt." bemerkte Kwong Wai Ming säuerlich. „Aber ich will es kurzhalten, damit du nicht zu spät erscheinst."

„Ich danke Ihnen."

Yan war froh, nicht weiter gefragt zu werden. Was allerdings jetzt auf ihn zu kam, hätte er in seinen kühnsten Träumen nicht erwartet.

„Wo ist das Kind?" fragte Kwong Wai Ming geradeheraus.

„Wer?" Yan zog die Augenbrauen hoch.

„Das Kind. Wo ist es?"

„Welches Kind, Lou Kwong?" fragte Yan nochmals.

Zu einer Antwort seitens Kwong Wai Ming kam es vorerst nicht. Denn Ruby öffnete die Tür und betrat das Arbeitszimmer mit einem Tablett, um den Tee zu servieren. Erst als Ruby das Zimmer wieder verlassen hatte, antwortete Kwong Wai Ming.

„Das Kind, das du aus dem Apartment geholt hast?"

„Wovon reden Sie?" fragte Yan verwirrt.

Doch auf einmal wusste er, wovon Kwong Wai Ming sprach. Es war, als hätte sich eine Tür geöffnet und Yan sah nun die ganze Wahrheit.

Yan erinnerte sich an die Bemerkung von Dai Lou Chan bei dem letzten Treffen. '...Es ist immer gut, jemanden zu haben, der Menschen relativ unbemerkt nach Hongkong bringen kann.' Mr. Chan hatte von der Entführung des Kindes gewusst!

Plötzlich schienen sich auch alle anderen

Puzzleteile vor seinem geistigen Auge zusammenzufügen. Jahrelang hatte er versucht, die Yi Wong zu Legalisieren. Jahrelang wurde er immer wieder sabotiert. Er wusste, dass es jemand innerhalb der Yi Wong war, doch er konnte nie herausfinden, wer dahinter steckte.

Doch jetzt, in diesem Augenblick, wusste er es.

Yan war schockiert.

All die Jahre hatte Yan nicht bemerkt, dass es Lou Kwong war, der versuchte, alle Unternehmungen von Yan zu boykottieren. Wie konnte er nur so blind gewesen sein? Vermutlich war genau *das* die Information, die Dai Lou Chan ihm gleich bei dem Treffen geben wollte.

„Ah! Ich sehe, jetzt kapierst du es." bemerkte Kwong Wai Ming abfällig.

„Sie Mistkerl." sagte Yan gedehnt.

Yan sprang von seinem Platz auf, doch in dem Moment zog Kwong Wai Ming bereits seinen Revolver.

„Ruhig Blut, Junge."

„Nennen Sie mich nicht Junge! *Ich* bin der Chairman der Yi Wong!" sagte Yan wütend und drohend. Doch er erntete nur ein höhnisches Lachen.

„Chairman. Ha! Das ich nicht lache. Ein Nichts bist du. Ein Niemand. Du warst niemals wirklicher Chairman. Und du wirst es auch nie sein. Zu weich. Zu dumm. - Mir hätte der Posten des Chairman zugestanden. Ich wusste alles über das Syndikat. Ich war der beste Freund deines Vaters. ICH war sein Vertrauter. Doch obwohl du ihn immer wieder enttäuscht hattest, hatte er dich zu seinem Nachfolger bestimmt. Welch ein Narr!"

„Reden Sie nicht so über meinen Vater. Wenn er ein Narr war, dann nur, weil er Sie für seinen besten Freund hielt!" entgegnete Yan wütend.

„Von wegen. Ich war der Einzige, der dafür sorgen konnte, dass dein Vater nicht verlassen wurde. ICH war es, der das Syndikat zusammenhielt. Oder meinst du, dein Vater war nur dir gegenüber so nachlässig. Oh nein. Deinem Bruder erlaubte er sogar das, was er dir immer verwehrte: Ein Leben außerhalb des Syndikats. Schlimmer noch. Er durfte zur Polizei. Überrascht? - Ja, ich kann es an deinem Gesicht ablesen. Du hast es nicht gewusst. Nicht wahr? Nicht einmal geahnt?"

Kwong Wai Ming verfiel wieder in ein höhnisches Lachen, dem dieses Mal der rasselnde Husten folgte. Dennoch hielt er Yan mit seinem Revolver im Schach.

Yan war komplett überwältigt. Er hatte geahnt, dass es ein anderes Kind gab. Illegitim. Aber er hatte nie Beweise gefunden. Sein Vater hatte nie darüber gesprochen. Seine Mutter... Nein. Sie hatte ihren Whisky, ihre Freundinnen, die Sie beim Five-o-clock-Tea im Peninsula Hotel traf, um die neuesten Einkäufe zur Schau zu stellen. Sie hatte sich in ihr eigenes Leben zurückgezogen. Vielleicht hatte sie es gewusst oder gespürt. Aber sie hatte nie etwas gesagt.

„Wieso machen Sie das?" fragte Yan leise und setzte sich wieder.

„Geld. Und Macht."

„Wie das? Sie waren der zweite Mann im

Syndikat."

Kwong Wai Ming rollte verächtlich mit den Augen. Wie er es hasste, immer nur der zweite Mann zu sein.

„Ja. Und du hast dafür gesorgt, dass sich beides ein wenig kompliziert gestaltet."

„Dann bin ich ja doch nicht so dumm, wie Sie behaupten." reizte ihn Yan.

Er konnte sehen, dass Kwong Wai Ming am liebsten abgedrückt hätte.

„Wo ist das Kind?"

„Welches   Kind?"

„Die Tochter des Polizisten."

„Sie haben das Kind entführt und nach Hongkong gebracht."

„Ja, habe ich."

„Warum?"

„*Warum?* Wegen Geld natürlich! Und Rache."

Rache konnte Yan noch als Antwort nachvollziehen. Jahrzehntelang war Lou Kwong die rechte Hand seines Vaters gewesen. Dass Yan vom Vater per Testament als neuer Chairman benannt wurde, war bestimmt ein Schlag für Lou Kwong gewesen.

Aber Geld?

Yan kam sich langsam tatsächlich wie ein dummer Junge vor. 'Natürlich', schalt er sich selbst, 'er erpresst den Vater.' Leider hielt der Mistkerl aber eine Waffe auf ihn gerichtet.

„Wie viel?"

„Achtundfünfzig Kilogramm Kokain."

Yan pfiff durch die Zähne. Das war ein Vermögen.

„Und dann lassen Sie sich das Kind einfach so vor der Nase wegschnappen?" fragte Yan mit einem gespielt ungläubigen Blick.

Er konnte nicht anders und bohrte nun ein wenig in der gerade vorgeführten Wunde von Kwong Wai Ming.

„Wo ist sie?" fragte dieser wütend.

Yan begann über das ganze Gesicht zu grinsen und sprach dabei jedes Wort betont einzeln aus.

„Ich-weiß-es-nicht."

„Dein dämliches Grinsen wird dir schon noch vergehen, Junge." zischte Kwong Wai Ming und hob den Revolver an, als plötzlich die Tür des Arbeitszimmers aufgerissen wurde.

Robert stand im Türrahmen und hielt eine Pistole in der Hand.

„Waffe weg, Kwong." rief er.

„Das glaube ich nicht." bemerkte Kwong Wai Ming ruhig.

Und schon spürte Robert einen kräftigen Schlag auf seinem Hinterkopf. Vor seinen Augen wurde es schwarz, er fiel auf die Knie, die Pistole entglitt seiner Hand.

„Ruby, NEIN!" schrie Yan entsetzt. „Was hast du getan?"

Kwong Wai Ming lachte.

„Das, was eine Frau tun muss, um ihren Geliebten zu schützen." sagte Kwong Wai Ming ruhig.

Yan riss seine Augen auf. Geliebte? Von Kwong Wai Ming?

Ruby senkte den Blick und drehte sich wortlos um. Yan war wie ein eigenes Kind für sie gewesen. Doch Kwong war sie seit ihrer Jugend verfallen. Sie hatte immer gehofft, niemals zwischen beide zu geraten. Denn sie wusste, dass sie Kwong niemals im Stich lassen würde.

1. Juli 2005, 14:23 Uhr, Hongkong Island, 41D Stubbs Road, Highcliff

Der Aufzug hielt im 67. Stock und die Türen öffneten sich. Vorsichtig spähten Ming und Sam nach außen. Niemand war im Flur zu sehen. Gut. Sie gingen nach rechts. Da war auch schon die Tür. Über der Klingel stand der Name: Wong Wei Yan.

Ming wollte gerade auf den Klingelknopf drücken, als Sam ihn am Arm festhielt.

„Bist du verrückt?" fragte Sam flüsternd.

„Wieso? Deswegen sind wir doch hier." antwortete Ming ebenfalls flüsternd.

„Nein. Wir haben die Verfolgung aufgenommen. Wir sind hier. Und jetzt warten wir, bis die anderen da sind."

„Wollen wir nicht mal anklopfen und sehen was passiert?"

„Nein. Wollen wir nicht. Auf keinen Fall." zischte Sam.

Da die Tür plötzlich von innen geöffnet wurde, erübrigte sich eine weitere Diskussion. Denn nun stand Ruby vor ihnen und zuckte erschrocken zusammen. Hinter ihr standen Kwong Wai Ming, der Yan den Revolver gegen den Rücken presste.

Ming fand als erster die Sprache wieder.

„Guten Tag, Madame. Wir sind von der Polizei und würden uns gerne mit Wong Wei Yan unterhalten."

Mit diesen Worten hielt er seinen Polizeiausweis hoch.

Sam traute seinen Ohren nicht.

Kwong Wai Ming geriet in Panik. Er sprang zur Seite, riss seine Hand mit dem Revolver hoch und zielte auf Ming.

„Nein." rief Ruby und wollte sich in Sicherheit bringen.

Stattdessen lief sie in die Kugel, die Kwong Wai Ming gerade abgefeuert hatte. Die Kugel traf Ruby in die Brust. Sie flog Ming mit einem leisen Aufschrei in die Arme, brachte ihn aus dem Gleichgewicht und warf ihn rücklings zu Boden.

Sam sprang zur Seite und zog seine Pistole. Er presste sich gegen die Wand, so dass er außerhalb der Schussweite von Kwong Wai Ming war.

Yan versuchte, Kwong Wai Ming die Waffe aus der Hand zu schlagen, aber dieser brachte sich mit einem für sein Alter recht behänden Sprung außer Reichweite und schoss auf Yan. Vor Schmerz aufschreiend griff sich Yan an den rechten Oberarm. Der Aufprall der Kugel riss ihn zu Boden, wobei er mit dem Kopf gegen ein Möbelstück fiel und ohnmächtig wurde.

Kwong Wai Ming versuchte, die Tür zu zuwerfen, doch Rubys Beine waren im Weg. Also versteckte er sich hinter der Tür, mit Blick auf Ming und die tote Ruby.

„Legen Sie sofort Ihre Waffe nieder!" rief Sam.

Insgeheim hoffend, dass bald die angeforderte Unterstützung da sein würde.

„Nein." antwortete Kwong, der sich inzwischen wieder gefangen hatte. „Der Einzige, der hier seine Waffe niederlegt und den Flur hinunterwerfen wird, sind Sie, junger Mann."

„Sir, ich fordere Sie nochmals auf, Ihre Waffe sofort niederzulegen und sich zu ergeben!"

„Tun Sie was *ich* sage oder Ihr Kollege stirbt."

Ming hatte versucht, sich von Rubys Leiche zu befreien, doch dann sah er, dass Kwong Wai Ming die Waffe auf ihn gerichtet hatte und verharrte auf dem Boden liegend.

Sam rieb sich mit der freien Hand über das Gesicht. Schweißperlen traten ihm auf die Stirn. Niemals hatte er sich je in einer solchen Situation befunden. Was jetzt? Würde der alte Mann tatsächlich auf Ming schießen? Vermutlich. Er hatte schon die Frau und Wong Wei Yan erschossen. Wo zum Teufel blieben nur die anderen? Und wo war der Engländer geblieben?

„Sie sollten auf mich hören." sagte Kwong Wai Ming wieder und gab einen Schuss auf Ming ab.

Die Kugel traf Ming in der von Rubys Leiche ungeschützten Schulter. Ming schrie auf.

„Hören Sie auf!" rief Sam.

Er sicherte seine Pistole und warf sie über Ming und die tote Ruby hinweg den Flur hinunter.

„Das ist ein Elend mit der Jugend heutzutage. Nie tut sie, was man von ihr verlangt. Und dann wundert ihr euch, wenn ihr die Konsequenzen zu tragen habt." bemerkte Kwong Wai Ming herablassend. „Und jetzt gehen Sie langsam zu ihrem Kollegen, damit ich Sie sehen kann."

Sam schloss seine Augen für einen Sekundenbruchteil. Wo blieben nur die anderen? Er stand auf und ging mit erhobenen Händen zu Ming hinüber.

Er wollte Kwong Wai Ming nicht durch eine unbedachte Bewegung provozieren.

„So ist es brav." bemerkte Kwong Wai Ming.

„Hören Sie auf, mit uns wie mit unerzogenen Kindern zu reden. Was soll das Ganze. Wie kommen Sie dazu, Wong Wei Yan zu erschießen?"

Ein verächtliches Lachen folgte.

„Das ist kein Verlust. Er war nie ein richtiger Chairman." rief Kwong Wai Ming verbittert.

„Warum sind Sie so sauer auf ihn?"

„Weil er ein Versager ist. Alles, was sein Vater und ich aufgebaut haben, wollte er zunichtemachen."

„Inwiefern?" hakte Sam nach.

Irgendwie hatte er das Gefühl, dass Kwong Wai Ming endlich zeigen wollte, wer er war. Und je mehr Informationen sie bekamen, umso eher könnten sie den Fall aufklären.

„Er wollte nie etwas mit den Geschäften seines Vaters zu tun haben. Brachte die Yi Wong in 'saubere Gewässer' wie er es nannte. Den anderen und mir wollte er unser Einkommen zunichtemachen."

„Das konnten Sie natürlich nicht zulassen."

„Natürlich nicht." bestätigte Kwong Wai Ming. „Wir schlossen uns zusammen und machten unter der Hand weiter."

„Und er hat es nicht gemerkt?"

„Nein. Er war so blind. Jahrelang konnten wir ihm manipulierte Bücher vorlegen."

„Aber irgendwann hat er es dann doch bemerkt?"

„Ja, er schien auf einmal Verdacht zu schöpfen. Da ich der beste Freund und Vertraute seines Vaters war, wandte er sich Rat suchend an mich. Der dumme Junge." bemerkte Kwong Wai Ming abwertend. „Ausgerechnet an mich!"

Wieder stieß er sein raues Lachen aus, das dieses Mal in Husten endete. Sam wollte auf ihn zu springen, doch trotz des Hustens hielt Kwong Wai Ming die Waffe auf ihn gerichtet und deutete ihm an, zurückzutreten. Sam gehorchte.

„Wieso sind sie aber heute zu Wong Wei Yan gegangen?"

Sam versuchte Zeit zu schinden. Bald müssten doch die anderen eintreffen.

„Weil er mir schon wieder in die Quere kam."

„Wie das?"

„Du hältst dich wohl für ein schlaues Bürschchen. Nicht wahr? Du denkst, dass du mich jetzt verhören kannst, um es mir nachher anzulasten. Aber keine Sorge, weder du noch dein Partner, werden je weitergeben können, was ich sage."

Nach einer kurzen Pause sprach Kwong Wai Ming weiter.

„Er schien tatsächlich Verdacht zu schöpfen. Dabei hatte ich es so gut eingefädelt. Ich begann Gerüchte zu streuen. In England. Was auch nach Hongkong gelang. Ich hatte es gut eingefädelt. Der Zorn der Konkurrenz sollte ihn treffen. Doch irgendwie hatte er es geschafft, diese auf seine Seite zu bekommen."

„Sie meinen, Sie haben ihn bei Dai Lou Chan

angeschwärzt?"

„Ich habe es wesentlich subtiler und intelligenter eingefädelt, als du es gerade formuliert hast. Aber das Ergebnis stimmt."

„Haben Sie denn auch den Befehl gegeben, den Informanten in London zu töten?"

„Nein, das hat jemand anderes übernommen. In der Haut dieser Person möchte ich nicht stecken." bemerkte Kwong Wai Ming kichernd. Doch er wurde wieder ernst.

„Ich musste vorsichtig sein. Auf die Gefahr hin, dass mein erster Plan nicht funktionierte, sorgte ich für ein weiteres Komplott, das ihm das Genick brechen sollte."

„Heißt das, Sie haben das Kind entführen und es so aussehen lassen, als wäre Wong Wei Yan es gewesen?"

Kwong Wai Ming hob anerkennend die Augenbrauen.

„Genauso."

„Aber da kam Ihnen jemand in die Quere und sie haben schon wieder versagt." bemerkte Sam.

Kwong Wai Ming wurde sauer und wollte etwas erwidern, doch dazu kam er nicht mehr. Ein Schuss wurde in der Wohnung abgefeuert. Kwong Wai Ming drückte ab, während er getroffen zur Seite fiel. Die Kugel verfehlte nur knapp Sams Kopf.

In diesem Moment öffnete sich eine der Türen zum Treppenhaus und einige Polizisten, mit Helmen und Schutzwesten bekleidet, stürmten in den Flur. Sie legten ihre Maschinengewehre an und sondierten die Lage. Sie zielten auf Sam, zu dessen Füßen Ming und die tote Ruby lagen.

„Wir sind von der Polizei!" rief Sam. „Im Apartment ist noch jemand, der gerade auf Kwong Wai Ming geschossen hat. Es gibt vermutlich zwei Verletzte und zwei Tote."

Die Polizisten nickten ihm zu und konzentrierten sich nun auf das Apartment.

„Nicht schießen!" rief Robert Duncan auf Kantonesisch. „Ich komme langsam heraus!"

Die Polizisten bereiteten sich auf einen Schusswechsel vor. Sam wurde mit einer Handbewegung angedeutet, sich in Sicherheit zu begeben. Er setzte sich an die Wand des Flures, die an das Apartment von Wong Wei Yan grenzte.

Zuerst sah man nur eine Hand mit dem umgekehrt gehaltenen Revolver von Robert. Die andere Hand hielt er hoch. Er bewegte sich langsam vorwärts.

„Ich lege jetzt meine Waffe nieder." sagte er.

Sieben Polizisten in voller Montur hielten ihre Maschinenpistolen auf ihn gerichtet. Ganz langsam ging er in die Knie und legte die Pistole auf den Boden. Langsam richtete er sich wieder auf. Nun beide Hände in die Luft haltend.

„Ist sonst noch jemand in dem Apartment?" rief einer der Polizisten.

„Soweit ich weiß, nur noch Wong Wei Yan. Es wurde auf ihn geschossen. Ich weiß nicht, ob er noch lebt." antwortete Sam.

„Nein, außer ihm ist keiner mehr drin." ergänzte Robert.

Die Polizisten hießen ihn von der Tür wegzutreten. Er machte einen großen Schritt über die immer noch auf dem Boden liegenden Ming und Ruby. Zwei Polizisten rissen ihn zu Boden und legten ihm Handschellen an, während die anderen einen Angriff auf das Apartment machten und die Lage sicherten.

2. Juli 2005, 04:37 Uhr, Police Station, Sutton, Surrey, GB

Ein Polizist schloss die Tür hinter Inspector Field, nachdem dieser den Verhörraum betreten hatte. Paul Leary, der ohnehin zusammen gekauert auf dem Stuhl saß, zuckte zusammen und blickte wie ein verängstigtes Tier um sich. Inspector Field atmete laut aus, stellte den Becher mit Kaffee auf den Tisch und setzte sich. Er war müde.

„Wer... wer sind Sie?" frage Paul Leary mit seiner leisen Piepsstimme.

„Mein Name ist Simon Field. Ich bin Inspector bei der Mordkommission. Und wer sind Sie?"

„Paul. Paul Leary."

Inspector Field schrieb den Namen auf einen Block.

„Möchten Sie einen Kaffee, Mr. Leary?"

Paul Leary druckst herum, versucht ein Lachen zu verkneifen. Der ganze dürre Körper des jungen Mannes, der durch den Drogenkonsum bereits viel zu alt aussah, zuckte.

„Warum lachen Sie?"

„Weil Sie mich mit Mister anreden. Niemand nennt mich Mr. Leary. Ich bin Paul."

„Sie sind ein Mensch. Daher trete ich Ihnen mit Respekt gegenüber. – Möchten Sie einen Kaffee, Mr. Leary?"

Die ruhige Stimme des Inspectors sorgte bei Paul Leary ein wenig für Entspannung.

„Ja, bitte. Mit viel Zucker."

Der Inspector stand auf und öffnete die Tür.

„Bitte einen Kaffee mit viel Zucker für Mr. Leary."

„Jawohl, Sir."

Inspector Field schloss die Tür und nahm wieder Platz.

„Sind Sie für den Mord an dem dicken Chinesen zuständig?" fragte Paul Leary.

„Ja, ich ermittle in diesem Fall. Was ist so dringend, dass Sie unbedingt mit *mir* sprechen müssen?"

„Ich will ein Geständnis ablegen."

Inspector Field nahm eine Schluck Kaffee.

„In diesem Fall würde ich gerne eine Videoaufnahme während unserer Besprechung machen. Sind Sie damit einverstanden?"

„Eine Videoaufnahme?"

„Ja, damit ich nicht mitschreiben muss. Man kann das Ganze dann auch vor Gericht abspielen. Wäre Ihnen das recht?"

„Kann man mich da nur sehen oder auch hören?"

„Es gibt ein Mikrofon am Tisch, sehen Sie, dieses kleine Ding. Es werden also Bild- und Tonaufnahmen gemacht. Willigen Sie ein?"

Paul Leary sah sich das Mikrofon und die Kamera an.

„Ja."

„Danke schön."

Inspector Field drückte auf den Knopf. Bei der Überwachungskamera ging ein rotes Licht an.

„Und nun beginnen Sie bitte mit dem, was Sie mir sagen wollen."

„Eigentlich wollten mein Kumpel und ich zusammen herkommen. Aber der hat sich nicht raus getraut."

„Warum nicht?"

„Na, man hört doch, dass die Chinesen so sauer auf uns sind. Wegen dem Mord an dem Dicken. Da ist sogar ein Kopfgeld ausgesetzt. Deshalb traut er sich nicht raus."

„Aber Sie trauen sich heraus."

„Na, bei der Polizei kann mir doch nichts mehr passieren, nicht wahr."

„Wie ist der Name Ihres Kumpels?"

„Pete Jacobs."

„Wann war das denn, dass Ihr Kumpel und Sie den dicken Chinesen umgebracht haben?"

Mit diesen Worten schlug Inspector Field seine Arbeitsmappe auf.

„Äh, das müssen Sie doch wissen." Paul Leary war überrascht.

„Mr. Leary, ich möchte erst einmal herausfinden, ob man mich umsonst an einem Samstag um vier Uhr morgens aus dem Bett geholt hat, oder ob Sie die Wahrheit sagen. Also, wann haben Sie den dicken Chinesen umgebracht?"

„Also, das war an dem Donnerstag vor 'ner Woche."

„Datum?"

„Den wievielten haben wir heute?"

Inspector Field sah auf seine Uhr. „2. Juli 2005."

Paul Leary zählte mit Hilfe seiner Finger bis zu dem Datum zurück.

„23. Juni."

Inspector Field nickte. Die Tür öffnete sich, der Polizist brachte den Becher Kaffee und stellte ihn vor Paul Leary.

„Vielen Dank, Officer." piepste dieser kleinlaut.

Als der Polizist den Raum wieder verlassen hatte, fragte Paul Leary vorsichtig nach.

„Ist da was drin?"

„Sie wollten doch Ihren Kaffee mit viel Zucker."

„Nein, ich meine, ein Wahrheitsserum oder so was?"

„Nein, warum sollte so was drin sein?"

„Wird das nicht gemacht?"

„Nein. Die Polizei arbeitet nicht mit Wahrheitsseren oder ähnlichem."

Paul Leary rührte in dem Becher herum. Er dachte nach.

„Bitte erzählen Sie mir, was an dem Abend vorgefallen war." unterbrach Inspector Field das Schweigen.

„Also, wir brauchten wieder Geld, um Stoff zu kaufen."

„Ihr Kumpel Pete und Sie?"

„Genau."

„Was für Drogen?"

„Heroin."

„Hm. - Weiter."

„Also, wir brauchten unbedingt Geld. Pete ging es schon schlecht. Gereizt war er. Und als wir da die Straße entlanglaufen, da sehen wir den fetten Chinesen."

„Hatten Sie ihn vorher schon mal gesehen?"

„Nein. War das erste Mal... Glaub' ich zumindest."

Paul Leary nahm einen Schluck Kaffee, dann schüttelte er nochmals den Kopf.

„Also, wir sehen da diesen fetten Chinesen und denken uns so, der hat bestimmt Geld. Der will gerade in seinen Mercedes einsteigen. So Leute haben doch Geld. Also sind wir hin."

„Hat Sie denn keiner gesehen?"

„Nein, es war ja späte Nacht."

„Wieviel Uhr?"

„Keine Ahnung. Die Pubs waren aber schon zu. – Also sind wir hin. Pete lehnte sich gegen die Fahrertür, so dass der Dicke nicht einsteigen konnte. Der fing zu schimpfen an. Aber Pete hielt ihm nur das Messer hin."

„Und was haben Sie gemacht?"

„Ich stand hinter dem Dicken, damit er nicht verschwinden konnte."

„Hatten Sie auch eine Waffe?"

„Auch nur ein Messer. Aber der Dicke hatte wohl ziemlich Angst. Naja, anfangs ja nicht. Da hat er uns gedroht. Muss man sich mal vorstell'n. Wir stehen mit den Messern vor und hinter ihm und er droht uns."

Paul Leary lachte kurz auf und trank noch etwas von dem Kaffee.

„Naja, auf jeden Fall hat er das Geld nicht rausrücken wollen."

„Was ist dann passiert?"

„Ich weiß es nicht so genau. Aber irgendwie muss er versucht haben, Pete das Messer aus der Hand zu schlagen. Pete konnte ausweichen und stach einfach drauf zu. Dem Dicken in den Bauch. Einfach so."

Paul Leary machte eine einfache Handbewegung nach vorne.

„Na, da war ich erschrocken. Wir wollten ihn doch nur überfallen. Wir haben schon viele Überfälle gemacht. Kam nicht viel bei raus. Aber noch nie jemand verletzt. Und jetzt das. Dem Dicken war das Lachen und Drohen vergangen."

Wieder nahm er einen Schluck Kaffee.

„Meinte, wir wüssten ja nicht, mit wem wir es zu tun hätten."

„Was haben Sie gemacht, Mr. Leary?"

„Ich? Mensch, ich war doch panisch. ‚Pete, was soll das denn?' hab' ich ihn gefragt. Doch der war genauso fertig wie ich. Während der Dicke langsam, aber sicher zu Boden sank, kam Pete zu mir. Wir wussten nicht, was wir tun sollten. Aber dann kam Pete die Idee. ‚Wir tarnen das als einen Überfall der Chinesen.' hat er zu mir gesagt"

„Wie kam er darauf?"

„Na, der hatte mal gehört, dass in Glasgow[1] ein

---

[1] Black, D. (1991). Triad Takeover (1. Aufl.). Sidgwick & Jackson

Geschäftsmann niedergemetzelt werden sollte. Der hatte aber überlebt. Also meinte Pete, wenn wir den Dicken abstechen, dann würde man meinen, dass wären andere Chinesen gewesen."

„Und dann stechen Sie also einen bereits verletzten Mann einfach so ab?"

„Das waren nicht wir."

„Aber Sie sagten doch gerade, dass Sie das mit Ihrem Kumpel gemacht beziehungsweise dass Sie das vor hatten."

„Naja, das haben wir ja auch getan, aber irgendwie waren das doch nicht wir. Da hatte was in unseren Köpfen ausgesetzt. Wir waren wie im Blutrausch, wissen Sie?"

„Und dann?"

„Als wir fertig waren, haben wir ihn in seinen eigenen Kofferraum gesteckt. War eine Mordsarbeit gewesen."

„Im wahrsten Sinne des Wortes."

Paul Leary nickte.

„Naja. Der war so fett und wir hatten doch kaum noch Kraft, aber irgendwie hatten wir es geschafft."

„Hatte er nicht geschrien?"

„Nee, nach dem ersten Stich war der so geschockt, dass der nicht mehr viel geredet hat."

Inspector Field schloss die Akte.

„Was passiert jetzt?" fragte Paul Leary.

„Wir brauchen von Ihnen die Adresse, wo wir Ihren Freund finden können. Dann müssen wir auch seine Aussage aufnehmen."

„Aber Sie passen doch auf uns auf, Inspector. Nicht wahr? Uns wird doch jetzt nichts mehr passieren?"

„Wir tun was wir können, Mr. Leary. Es liegt nicht im Interesse der Polizei Zeugen oder Tatverdächtige umbringen zu lassen."

Er schaltete die Videokamera und das Mikrofon aus und ließ Paul Leary von einem Polizisten abführen. Inspector Field sah kurz auf seine wenigen Notizen, nahm seine Mappe auf und verließ ebenfalls den Raum. Ein langer Tag lag vor ihm.

2. Juli 2005, 11:10 Uhr, Hongkong Island, HKPF Crime Wing HK Island Regional Headquarter

„Wie geht es Ming?" fragte Officer Lee, als das Team zu einer Nachbesprechung des Falles wieder im Besprechungsraum zusammengekommen war.

„Ihm geht es ganz gut. Er versucht seinen Charme bei den Krankenschwestern und lässt es sich gut gehen." erwiderte Inspector Cheung mit einem Lächeln auf dem Gesicht.

Er war froh, dass Ming gut davongekommen und niemand sonst vom Team verletzt worden war.

Nachdem sie von Sam und Ming erfahren hatten, dass Robert Duncan zu Wong Wei Yan fuhr, machten sie sich sofort auf den Weg. Als der erste Schuss im 67. Stockwerk fiel, riefen Nachbarn die Polizei, somit traf eine Sondereinheit gleichzeitig mit Inspector Cheungs Team ein. Inspector Cheung konnte kurz Informationen geben, dass dort oben auch zwei seiner Leute waren.

„Hat man Wong Wei Yan inzwischen schon verhören können?"

„Nein. Er liegt noch im Koma."

„Ist das nicht seltsam?"

„Ein Narkosezwischenfall kann immer passieren." bemerkte Keung.

„Und was ist mit dem Engländer? Hat man von Robert Duncan was erfahren können?"

„Oh, er hat schon einige Informationen zu dem Fall beisteuern können. Aber eben nur soweit er es selber wusste."

„Warum ist er denn zu Wong Wei Yan zurückgekehrt?"

„Er erhielt einen Anruf von Chow Nie Wen, der ihm mitteilte, dass Kwong Wai Ming der Verräter bei den Yi Wong war."

„Woher wusste Chow Nie Wen das denn? Und woher kannte er Robert Duncan?" fragte Mary.

„Oh, da muss man ein paar Jahre zurück." begann Inspector Cheung. „Als im Jahr 1998 der Zugriff auf die Yi Wong stattfand, wurde der Chairman der Yi Wong erschossen. Das wisst ihr schon. Dass auf Tung Ming Wah ein Kopfgeld ausgesetzt wurde und er dann nach England ging, ist auch bekannt gewesen. Kurz darauf hieß es, dass Chow Nie Wen seinen Polizeidienst beendete.

„Das war aber nicht die ganze Wahrheit. Kwong Wai Ming war auf ihn zu getreten und wollte ihn zu einem Polizeispitzel machen. Wollte ihn damit erpressen, dass er sonst die Identität von Chows Vater bekannt geben würde. Chow hatte aber am Sterbebett seiner Mutter erfahren, wer sein leiblicher Vater war. Das war sogar schon während der Untersuchungen gegen die Yi Wong, die von Tung geleitet wurden. Chow arbeitete nun noch härter gegen die Yi Wong. Aber das konnte Kwong Wai Ming nicht wissen.

„Chow kam in Übereinstimmung mit seinem Vorgesetzten, dass er Undercover für die Polizei arbeiten würde. Er wusste, dass er dann auf sich allein gestellt war, da er offiziell nicht mehr bei der Polizei war. Somit war er nicht mehr als

Polizeispitzel für die Yi Wong beziehungsweise für Kwong zu gebrauchen. Aber er wurde ab und zu bei kleineren Transaktionen eingesetzt. So sammelte er in den letzten Jahren viele Informationen als Insider. Allerdings wurde auch immer klarer, dass der neue Chairman die Yi Wong aus den illegalen Geschäften herausholen und in die Legalität führen wollte."

„Was natürlich Kwong und einigen anderen nicht gefiel." warf Officer Lee ein.

„Stimmt. Sie manipulierten die Bücher und ließen Wong Wei Yan in dem Glauben, dass sie seinem Plan folgen würden. Insgeheim verdienten sie weiterhin ein Vermögen an den illegalen Geschäften."

„Hat Wong Wei Yan das nicht gemerkt?"

„Es hatte lange gedauert, bis er es merkte. Zuerst hatte er auch noch Kwong vertraut und ihn darüber informiert. Dieser hielt ihn hin und versprach, es intern zu regeln. Was er natürlich nicht tat. Im Gegenteil. Er verstreute Gerüchte, dass Wong Wei Yan plane, seine angeblich illegalen Geschäfte nach London auszuweiten. Somit wäre er der Konkurrenz auf die Füße getreten."

„Daher auch sein Besuch bei Dai Lou Chan?"

„Ja, der wollte ihn testen. Hat dann aber wohl gemerkt, dass Wong Wei Yan nicht dahintersteckte. Insgeheim hatte Dai Lou Chan selbst schon Kwong in Verdacht gehabt."

„Was war mit der Ermordung an dem Dicken Liu?"

„Da erhielten wir vorhin die Information, dass es zwei Junkies waren, die ihn in Panik getötet hatten. Heute früh hat sich einer von ihnen bei der Polizei in

Sutton gestellt. Auch wenn alles noch überprüft werden muss, ist dieser Fall wohl abgeschlossen."

„Wieso das?"

„Sie hatten mitbekommen, dass die Triaden ein Kopfgeld auf die Mörder ausgesetzt hatten und bekamen es mit der Angst zu tun."

„Zu Recht, nachdem durch die Lebensversicherung des Dicken Liu einige Informationen in die Hände der Polizei fielen und es auch hier beträchtliche Auswirkungen hatte." bemerkte Sam.

„Wie ging es mit Chow weiter?"

„Als er festgestellt hatte, dass Wong Wei Yan mit den illegalen Geschäften nichts zu tun haben wollte, aber selbst für das eine oder andere kleine, illegale Geschäft eingesetzt wurde, begab er sich auf die Suche nach dem geheimnisvollen Auftraggeber."

„Aber wieso rief er den Engländer an?"

„Wong Wei Yan hatte ein paar Warnungen erhalten. Da Robert Duncan der einzige war, dem er noch traute, bat er ihn, ihm immer zu folgen und zu prüfen, ob noch jemand ihn verfolge. Dass tat er dann auch. Und so kam es, dass Robert Duncan auf Chow aufmerksam wurde. Wong Wei Yan wurde unter einem Vorwand in das Haus an der Queens Road West gelockt. Duncan folgte ihm und setzte sich in ein Restaurant gegenüber dem Gebäude. Dort kam dann auch Chow, der Wong Wei Yan zufällig in das Haus gehen sah und neugierig war, was er dort wollte.

„Als Wong Wei Yan einige Tage später mit Dai Lou Chan zusammentraf, fiel Chow Duncan wieder auf.

Nachdem Wong Wei Yan das Restaurant von Dai Lou Chan verließ, machte sich Duncan auf und folgte Chow. Dieser merkte es und in einer kleinen Seitenstraße in Wan Chai schnappte er sich Duncan und stellte ihn zur Rede. Damals dachte Chow noch, dass Wong Wei Yan dennoch in die Entführung von Mui verwickelt war. Aber es kam heraus, dass Duncan nichts von einer Entführung wusste."

„Sie wollen jetzt wohl nicht andeuten, dass Chow das Risiko eingegangen war, Duncan zu vertrauen?"

„Doch. Auch wenn er wusste, dass es definitiv kein professionelles Verhalten seinerseits war. Aber da war etwas, dass ihm sagte, dass Duncan die Wahrheit sprach. Er fragte, Duncan, warum er auch in dem Restaurant in dem Municipal Centre war, und dieser antwortete, Wong Wei Yan sei dort unter einem bestimmten Grund hingelockt worden, was sich dann aber als falsch herausstellte. Chow rechnete eins und eins zusammen. Er wusste ja, dass man uns beziehungsweise Tung immer wieder Bilder und Hinweise zukommen ließ. Somit bestätigte sich der Verdacht, dass Mui dort gefangen gehalten wurde. Was sich ja letztendlich auch als richtig herausstellte."

„Wieso hatte er aber die Leute von Dai Lou Chan, die ihm bei dem fiktiven Umzug halfen?"

„Er hatte Mal einem von ihnen als Privatdetektiv geholfen und von daher bat er um diesen Gefallen."

„Wieso hat sich derjenige nicht an seine Brüder von Dai Lou Chan gewandt?"

„Nun, ihm war der Hund entlaufen, seine Frau machte ihm deshalb das Leben zur Hölle und er wollte das nicht vor den anderen zugeben. Daher hatte er Chow beauftragt."

Das Team grinste.

„Er wusste also nicht, dass der Mann und die anderen zu Dai Lou Chan gehörten?"

„Doch. Aber er stellte sich dumm und die anderen ließen ihn in dem Glauben."

„Ist doch verrückt. Kein vernünftiger Polizist würde so was machen."

„Er mag kein vernünftiger Polizist sein, aber er ist gut."

„Glück hat er gehabt", rief Keung, „dass es gut ging. Es hätte auch ganz anders ausgehen können!"

„Darüber besteht kein Zweifel. Aber es ist gut gegangen."

„Aber wer hat denn nun den Mord an Johnny Lee und den Anschlag auf Chow in Auftrag gegeben, wenn es nicht Wong Wei Yan war?"

„Kwong. Er merkte, dass Tung und Chow ihm zu nahekamen. - Er war auch für den Unfalltod von Wong Wei Yans Verlobten, Alison Blair, verantwortlich."

„Naja, Kwong wird niemanden mehr etwas antun. Aber was passiert nun mit der Yi Wong? Wong Wei Yan wird dort noch andere Feinde haben."

„Wir haben erfahren, dass einige von denen, die mit Kwong zusammenarbeiteten, ins Ausland geflüchtet sind."

„Welche Rolle hatte Dai Lou Chan in dem Spiel?"

„Es hatte sich herumgesprochen, dass Wong Wei

Yan aus den illegalen Geschäften raus wollte. Aber der Markt veränderte sich nicht. Also fing Dai Lou Chan selbst an, herauszufinden, ob es nur eine oberflächliche Aussage Wong Wei Yans war oder wer sich da noch bereichern wollte."

„Klar, das, was bei der Yi Wong weggefallen wäre, wäre dann unter den anderen Syndikaten aufgeteilt und eingesammelt worden."

„So kam Dai Lou Chan auf die Idee, dass es Kwong sei. Am Abend des 30. Juni hatte er Wong Wei Yan angerufen und ihn für den nächsten Abend zu sich ins Restaurant gebeten. Wozu es nicht mehr kam, da Kwong dazwischenfunkte."

„Was wollte er von Wong Wei Yan?"

„Vermutlich wollte er ihm sagen, dass es Kwong und ein paar andere waren, die noch illegalen Geschäften nachgingen."

„Wie selbstlos von ihm." bemerkte Mary ironisch.

„Inspector Choi wird begeistert sein, dass seine Mordfälle so schnell aufgeklärt werden konnten."

„Bis auf das Massaker."

„Das war ebenfalls Kwong. Er war so wütend, als er merkte, dass man ihm Mui entführt hatte, dass er seine Leute erschoss. Zumal ihm seine Leute keine genaue Beschreibung der Entführer geben konnten. Er vermutete also, dass Wong Wei Yan ihm auf die Schliche gekommen und dies nun gegen ihn verwenden würde."

„War er deshalb auch bei ihm aufgetaucht?"

„Ja."

„Himmel, ist das ein durcheinander. Was ist mit

dem Engländer?"

„Er wird sich wegen Mordes an Kwong vor Gericht stellen müssen. Aber sonst kann man ihm nichts vorwerfen und ich denke, er wird eine relativ milde Strafe für diesen Totschlag erhalten."

„Und wie geht es Tung und Mui?"

„Mui wurde mit Schlaftabletten ruhig gehalten. Das kam heraus, als Tung und Chow sie befreit hatten und sie später aufwachte. Ihr Großvater, der Arzt der traditionellen Chinesischen Medizin ist, merkte, dass er hier an seine Grenzen stieß und brachte sie in eine Klinik in Tsuen Wan. Man konnte dort zwar die beginnende Abhängigkeit von den Schlaftabletten abwenden, aber ihre Organe wurden angegriffen. Es ist noch nicht sicher, ob sie sich von der dauernden Überdosis erholen werden. Zumindest besteht aber die Möglichkeit."

„Wo hatte Tung sie versteckt?"

„Er hatte vor ein paar Jahren unter falschem Namen ein Apartment in Tin Sum Tsuen gekauft. Dort hatte er Chow, Mui und die Großeltern untergebracht."

„Und wie geht es Tung?"

„Er macht sich Vorwürfe. Dabei kann er ja nichts dafür. Er ist den ganzen Tag bei ihr. Da er versprach, Hongkong nicht zu verlassen, wurde er aus der Haft entlassen. Zumindest der Anklagepunkt wegen vierfachen Mordes wurde von der Liste gestrichen. Aber er hat noch einiges zu erwarten. Chow ist vorerst suspendiert. Hier muss noch festgestellt werden, was alles gegen ihn vorliegt und ob er danach überhaupt wieder in den Polizeidienst kann.

Die Undercover Arbeit ist definitiv vorbei."

In dem Raum herrschte Ruhe. Es waren viele Informationen gegeben worden. Die ganzen Zusammenhänge waren verworren und die Team-Mitglieder hatten Mitleid mit Tung, Chow und der kleinen Mui.

3. Juli 2005, 10:06 Uhr, Hongkong Island

Als Yan aus dem Koma erwachte, war er verwundert. Wo war er? Was war geschehen? Wieso hatte er solche Schmerzen?

Er versuchte, vorsichtig den Kopf zu heben, um sich besser umsehen zu können. Doch hämmernde Schmerzen ließen ihn diesen Versuch schnell aufgeben. Er lag alleine in einem Krankenhauszimmer. Vor der Tür hielt ein Polizist Wache. Das konnte er durch die Glaseinlage in der Tür sehen. Yan war durch eine Atemmaske mit der Herz-Lunge-Maschine verbunden. Er hing am Tropf und durch die Elektroden an seinem Oberkörper erklang der hohe Signalton des EKGs im Rhythmus seines Herzschlages.

Yan versuchte, seinen rechten Arm zu heben. Doch außer starken Schmerzen hatte er keinerlei Gefühl im Arm. Er konnte ihn nicht heben. Die Bettdecke lag über ihm. Man hatte ihn bis zu den Schultern zugedeckt. Also versuchte er, seinen linken Arm zu heben. Auch hier hatte er Schmerzen. Doch er konnte den Arm heben. Mit der Hand ergriff er die Atemmaske und zog sie langsam über seine Stirn hinweg. Yan schloss wieder seine Augen. Er war müde. Er wollte schlafen. All den Schmerzen entfliehen.

Nach und nach fiel ihm wieder die Überraschung ein, die Kwong für ihn bereitgehalten hatte.

Doch dann schweiften seine Gedanken in die Vergangenheit ab. Er dachte an die schönste Zeit seines Lebens. Als er noch in England war. Als er noch mit Alison zusammen war. Alison…

Alison schlug die Augen auf. Es war früh am Morgen. Der Verkehr auf der Straße war noch nicht sehr laut zu hören. Vielmehr konnte sie Yans leichtes Schnarchen hören. Sie lächelte. Wie sehr sie dieses Geräusch liebte. Denn es bedeutete, dass er bei ihr war. Es bedeutete, dass sie nicht alleine war. Yans Arm lag über ihrer Taille. Alison drehte sich behutsam um. Nun lag sein Unterarm auf ihrem Bauch. Yan räusperte sich kurz, zog sie näher an sich heran und schlief weiter. Ihre Schulter als Kopfkissen benutzend. Sein schwarzes Haar war zerwühlt. Alison lächelte. Sie bewunderte ihn. In allem, was er tat und wie er war. Besonders, wenn er – wie jetzt – unbewusst reagierte. Wenn er nicht der verliebte junge Mann war, der sie mit Geschenken und Liebe überschüttete. Sanft strich sie mit dem Zeigefinger seinem Arm entlang, der immer noch über ihren Bauch lag. Seinen braunen Arm, der sich so sehr von ihrer fast weißen Haut hervorhob. Alison atmete tief ein. Er schien es nicht zu bemerken. Sie hob ihre Hand und fuhr mit ihren schlanken, langen Fingern durch sein Haar.

„Mmmmmh…" brummte er verschlafen.

„Guten Morgen."

Müde und eher widerwillig öffnete er die Augen und hob seinen Kopf ein wenig. Sein Gesicht sah zerknautscht aus. Er würde niemals verstehen, wie man am frühen Morgen schon so munter sein und obendrein auch noch so wunderschön sein konnte. Ein Lächeln huschte über sein Gesicht. Alison zu sehen, war das Schönste, was er sich überhaupt vorstellen konnte.

Für ihn gab es keine bewundernswertere Frau. Mit ihren kurzen roten Haaren, der blassen Haut, den Sommersprossen auf der Nase und dem Dekolleté. Er hauchte ihr einen Kuss auf ihre entblößte Schulter. Wie er es liebte, neben Alison aufzuwachen.

„Bist du nun wach?" fragte sie.

„Hmm." stimmte er, immer noch etwas müde, zu.

Alison fing an zu Lachen. Yan fand das gar nicht nett. Denn ihr ganzer Körper bebte und er musste sich nun ein wenig von ihr entfernen.

„Was ist?"

„Du kommst mir vor, wie ein Pandabär."

„Was? Wieso?" Jetzt war er wach.

Alison kringelte sich vor Lachen. Nun hatte er keine Möglichkeit auch nur eine Silbe aus ihr herauszubekommen, ohne dass sie nicht noch mehr in Gelächter verfiel. Doch genauso liebte er sie ja. Und er wusste, dass seine Mimik es allein schon schaffte, sie nur noch mehr anzustacheln. Bis sie schließlich vor lauter Seitenstechen um Gnade bettelte und sich langsam, wirklich sehr langsam, wieder beruhigte.

Also setzte er sich auf, lehnte sich gegen das Fußende und verzog sein Gesicht so dermaßen gespielt missbilligend, dass Alison vor lauter Lachen die Tränen über das Gesicht liefen und sie sich schließlich ein Kopfkissen schnappte und es vor ihr Gesicht hielt. Yan konnte nicht anders und fing selbst an zu lachen.

„Na, warte..." und schon sprang er zu ihr nach vorne, entriss ihr das Kissen und warf sich mit seinem ganzen Körper auf sie. Er sah ihr - inzwischen knallrotes - Gesicht, das Tränen überströmt war. Ihren

breiten, vollen Mund und ihre grauen Augen, die ihn wie Diamanten anglitzerten. Sie versuchte ihn runterzuschubsen, aber er ergriff ihre Handgelenke und drückte diese über ihren Kopf hinweg auf die Matratze. durch sein Körpergewicht fiel ihr das Atmen schwerer, sie beruhigte sich langsam. Aber nicht, ohne immer wieder neue, kleine Lachanfälle zu bekommen.

„Beruhigst du dich jetzt?"

„Ja."

Sie grinste ihn breit an. Nein, das sah nicht wirklich nach einer ‚beruhigten' Alison aus.

Yan verstärkte den Griff um ihre Handgelenke und sah ihr fest in die Augen. In seinen Augen konnte Alison sehen, wie sehr er sie begehrte.

Alison sah ihn plötzlich mit einem anderen Blick an. Ruhig, besonnen, fragend. Vermutlich sogar etwas unsicher, was er gar nicht an ihr kannte. Jedenfalls nicht bis jetzt.

„Ich wünschte, wir hätten jeden Tag Wochenende." raunte er ihr zu.

„Wieso?"

„Weil wir dann immer zusammen sein könnten. Weil ich dann jeden Morgen neben dir aufwachen könnte."

„Bist du sicher?"

Er drückte ihr einen sanften Kuss auf die Stirn.

Alison drehte das Gesicht weg. Sie zog die Augenbrauen leicht zusammen. Was sollte das Stirnrunzeln? Yan wurde unsicher.

„Was ist?"

Nun sah er eine kleine Träne aus ihrem Auge fallen.

„Alison!"

Yan stieg von ihr herunter. Er setzte sich auf. Alison nahm das Kissen, stellte es gegen die Wand und lehnte sich dagegen.

„Was ist los?"

„Liebst du mich?"

Yan sah sie erstaunt an. Zeigte er es ihr nicht tagtäglich?

„Natürlich."

„Du hast es aber noch nie gesagt."

„Alison, was ist los?"

„Du hast es noch nie gesagt." beharrte Alison.

„Zeige ich es nicht deutlich genug? Alison, du bist mein ein und alles. Die Welt ist erst komplett, wenn ich dich in meiner Nähe habe, wenn ich dich sehen kann."

„Liebst du mich?"

„Ja, ich liebe dich!" Yan hatte diese Worte leicht gereizt ausgesprochen. Doch mit einem Mal wurde er ruhig. Zum ersten Mal in seinem Leben hatte er diese Worte ausgesprochen. Und darin lag sein ganzes Glück.

„Yan..." Alison sah zur Decke hinauf. Wie sollte sie es ihm nur sagen?

Die Angst kroch in ihm hoch. Wollte sie ihn verlassen? Wollte sie Schluss machen? Ohne Alison wäre die Welt nicht mehr dieselbe. Ohne Alison wäre er nicht mehr derselbe...

„Ich bekomme ein Baby."

Peng. Das saß. Yan starrte sie mit aufgerissenen Augen an.

Ein Kind? Alison erwartete ein Kind? Verwirrt und komplett überwältigt lehnte er sich wieder gegen das Fußende. Er strich sich durch das Haar. Ein Kind? Mit Alison? Das würde bedeuten... Das würde bedeuten... dass sein größter Wunsch in Erfüllung gehen würde. Eine eigene Familie mit Alison. Ein Leben mit Alison.

Auf Yans Gesicht trat ein breites Lächeln, seine Augen fingen zu leuchten an.

„Ein Kind?"

Alison nickte. Die Freude, die sie nun in seinem Gesicht ablesen konnte, erstaunte sie etwas. Freute er sich wirklich? Auch wenn sie es sich genauso gewünscht hatte, sie war noch verunsichert.

Yan kroch langsam zu ihr herüber. Wie hypnotisiert starrte er auf ihren, noch flachen, Bauch.

„Wir bekommen ein Kind?"

Alison strich ihm über den Kopf.

„Ja. Wir bekommen ein Kind."

Behutsam, als wäre ihre Haut die Membran einer Seifenblase, berührte er mit den Fingerspitzen ihren Bauch. Darin war nun sein Kind? Darin lag nun seine Zukunft?

So sehr er auch dagegen ankämpfen mochte, es ging nicht. Tränen rollten über sein Gesicht, als er ihr ins Gesicht blickte.

„Ich wünsche mir eine Tochter." sagte er leise zu sich selbst.

„Wirklich?"

Er nickte.

„Ja, eine Tochter. Damit ich zwei Alison um mich herum habe."

Alison war so erleichtert, dass sie zu weinen anfing. Yan rückte näher an sie heran. Er nahm ihr Gesicht in seine Hände, hielt ihren Kopf hoch. Er wusste nicht, ob er weinte oder lachte, aber er wusste, dass er sie liebte.

„Willst du mich heiraten, Alison Blair?"

Alison schlang die Arme um seinen Hals.

„Ja. Das will ich."

Ein Arzt betrat das Krankenzimmer. Yan öffnete die Augen. Der Arzt lächelte ihn an.

„Wie geht es Ihnen?"

„Ich habe starke Schmerzen. Und ich kann meinen rechten Arm nicht heben."

Der Doktor nahm das Krankenblatt auf.

„Kein Wunder. Sie sind gerade mal so mit dem Leben davongekommen, Mr. Wong. Den rechten Arm mussten wir leider amputieren."

Yan stöhnte. Der Doktor sah sich nun die Geräte an.

„Ich gebe Ihnen etwas gegen die Schmerzen. Dann werden Sie sich bald besser fühlen." sagte der Doktor freundlich.

„Das wäre toll."

Der Doktor spritzte eine Lösung in den Schlauch der Infusion.

„Keine Sorge, Mr. Wong. Gleich wird es Ihnen viel

besser gehen. Ich sehe nachher noch mal vorbei."

„Danke schön."

„Auf Wiedersehen."

Der Doktor verließ das Krankenzimmer. Der Polizist schloss die Tür hinter ihm.

„Bis nachher, Doktor."

Der Doktor hob nur die Hand und winkte. Er ging zum Treppenhaus. Langsam ging er die Treppen hinunter und verließ das Krankenhaus durch einen Seiteneingang. Er ging in den nahen gelegenen Park. Hier blieb er an einem Busch stehen, sah sich um. Niemand zu sehen. Er bückte sich hinter den Busch und holte einen Rucksack hervor. Dann zog er sich die Maske vom Gesicht, zog den Arztkittel aus und stopfte beides in den Rucksack. Anschließend zündete er sich eine Zigarette an, hängte den Rucksack über seine linke Schulter und schlenderte davon.

Fünf Minuten, nachdem der vermeintliche Doktor Yan verlassen hatte, wurde Yans Körper durch schreckliche Krämpfe geschüttelt. Die Geräte schlugen Alarm. Dr. Lee, ein Kollege und ein paar Krankenschwestern rannten ins Krankenzimmer. Sie versuchten Yan zu helfen. Aber es war zu spät. Sie konnten nichts tun. Eine Minute später gab das EKG einen anhaltenden Signalton von sich. Yan war tot.

„Oh Mann, Doktor, was haben Sie ihm da vorhin bloß gegeben?" fragte der Polizist, der in das Krankenzimmer nachgekommen war.

Dr. Lee sah ihn verständnislos an.

„Wie bitte?"

Anhang

Metropolitan Police Force, London, GB

Development and Analysis Unit   führt Informationsleistungen und Analysen bei schweren Verbrechen, Drogen, Waffen und organisiertem Verbrechen innerhalb eingegrenzter Gemeinden, sowie bei Morden durch.

Flying Squad Team   wird bei kommerziellen Raubüberfällen, bei denen Geldtransporte, Banken, Wettbüros, Postämter, Juweliere und Kasinos involviert sind, eingesetzt. Sie leisten auch Blitzeinsätze bei Entführungssituationen.

Hong Kong Police Force, SAR Hongkong

Criminal Intelligence Bureau	analysiert kriminelle Aktivitäten, Gesellschaften, organisiertes und schwere Verbrechen, und sammelt Beweise für Zwangsmaßnahmen von hauptsächlich operationellen Verbrechensbildungen.
Forensic Firearms Examination Bureau	wertet Waffen und Munitionen aus, neben der Erledigung der kriminaltechnischen-, gerichtsmedizinischen Aufgaben
Identification Bureau	testet Fingerabdrücke, sammelt DNA-Muster und Tatortfotografie.
Narcotics Bureau	sammelt Informationen bezüglich Imports, Herstellung und Verteilung von gefährlichen Drogen. Gegen Geldwäsche und Terrorismusfinanzierung wird ebenfalls ermittelt.
Organised Crime and Triad Bureau	ermittelt komplex organisiertes Verbrechen und schwere (Triaden) Straftaten

Fachbegriffe

Chairman oder
Drachenkopf

Eine der Bezeichnungen für
den Vorsitzenden/ das
Oberhaupt einer Triade.

Heroin Nr. 4

Bezeichnung des
Bearbeitungszustands des
Heroins. Dies ist die übliche
Form, die auf der Straße
verteilt wird.